古诗里的茶

于左 著

中州古籍出版社
·郑州·

图书在版编目(CIP)数据

古诗里的茶 / 于左著 . —郑州：中州古籍出版社，2021.10
（茶书）
ISBN 978-7-5348-9689-7

Ⅰ.①古⋯　Ⅱ.①于⋯　Ⅲ.①散文集–中国–当代　Ⅳ.①I267

中国版本图书馆 CIP 数据核字（2021）第 121686 号

GUSHI LI DE CHA
古诗里的茶

选题策划	梁瑞霞
责任编辑	李晓丽
责任校对	周　靖
封面设计	黄桂敏
版式设计	曾晶晶

出 版 社	中州古籍出版社（地址：郑州市郑东新区祥盛街 27 号 6 层　邮编：450016　电话：0371-65723280）
发行单位	河南省新华书店发行集团有限公司
承印单位	河南瑞之光印刷股份有限公司
开　　本	710 mm × 1 000 mm　1/16
印　　张	11.75
字　　数	180 千字
版　　次	2021 年 10 月第 1 版
印　　次	2021 年 10 月第 1 次印刷
定　　价	68.00 元

本书如有印装质量问题，请与出版社调换。

目录

野外寻泉烹茶 / 001

茶酒之间 / 007

紫芽嫩茗和枝采 / 012

僧茶见灵性 / 017

惠山试泉 / 023

蒙山味独珍 / 029

紫笋阳羡各斗新 / 036

助禅悟道 / 041

北苑作贡一人尝 / 046

斗余香兮薄兰芷 / 052

分宁茶客 / 058

独坐试茶人 / 064

茶榜单 / 069

- 来试点茶三昧手 / 075
- 沸水鸣响话煎茶 / 080
- 从来佳茗似佳人 / 085
- 茶贵新水贵活 / 090
- 急遣溪童碾玉尘 / 095
- 雨露均沾 / 100
- 茶香绕竹炉 / 106
- 谁共分茶 / 110
- 谷帘试水忆西游 / 115
- 寒夜煮茶 / 121
- 阳羡茶事 / 126

古寺茶香 / 132

- 花香拌茶韵 / 137
- 龙井泉畔龙井茶 / 143
- 新茶亲手焙 / 148
- 擂茶添风味 / 153
- 难得武夷茶 / 159
- 茶尖争说碧螺春 / 165
- 君山之茶不可得 / 171
- 后来居上普茶团 / 176

野外寻泉烹茶

粉细越笋芽,野煎寒溪滨。

恐乖灵草性,触事皆手亲。

敲石取鲜火,撇泉避腥鳞。

荧荧爨风铛,拾得坠巢薪。

洁色既爽别,浮氲亦殷勤。

以兹委曲静,求得正味真。

宛如摘山时,自歠指下春。

湘瓷泛轻花,涤尽昏渴神。

此游惬醒趣,可以话高人。

——刘言史《与孟郊洛北野泉上煎茶》

晚唐诗人刘言史和朋友孟郊带着一点越笋茶，在洛阳的郊外找到一处野泉。两个人小心避开泉水中的游鱼，汲取泉水。捡来坠落的鸟巢做燃料，敲打燧石引火。灶下冒出火焰，水瓶中升起水汽。两人小心观察，一切都是亲力亲为，如同茶农品尝自己采摘的茶叶。湘瓷茶盏当中泛起一层茶花，美好的茶汤解渴又提神，让人头脑清醒。饮茶的同时，这一对诗友高谈阔论，惬意而有趣。

这首诗的作者刘言史是中原人，曾被举荐为枣强令，但他称病辞谢。和许多唐朝的诗人一样，刘言史非常穷。关于这一点，他的诗友孟郊曾经明确说过，唐朝的许多诗人最终都是穷饿而死："诗人业孤峭，饿死良已多。"

刘言史的诗写得极好，对他的生活却没有实际的帮助，他的名气在当时也不大，最终在穷困中死去。孟郊得到他的死讯非常伤心，写下一首《哭刘言史》哀悼："今日果成死，葬襄之洛河。洛岸远相吊，洒泪双滂沱。"

孟郊是洛阳人，字东野，性格孤僻寡合，隐居嵩山。但他得到好友的赏识，有机会充当幕僚，起码可以混一碗饭吃，处境要比刘言史好一些。

孟郊有茶瘾，无茶可喝的时候会感觉心绪不宁，无聊乏味。他写过一首《凭周况先辈于朝贤乞茶》，说他无法忍受"蒙茗玉花尽，越瓯荷叶空"的生活，托前辈去向一位朝廷官员要茶喝。官员还算给面子，送来一些好茶，孟郊喝得身心舒泰，大感满意，题诗大加赞美："锦水有鲜色，蜀山饶芳丛。云根才翦绿，印缝已霏红。"

刘言史和孟郊这一对好诗友，贫穷而有茶瘾，相聚时除了谈诗文，最好的话题当然是茶。可是两人的住处均狭小而简陋，找不到一处宽敞的地方。不如带一点茶走出去，走到旷野之中，寻找美泉，一过茶瘾。

野外寻泉烹茶，听起来很惬意，其间种种琐屑的张罗却相当麻烦，我们可以大略设想一下，要想在野外喝到一杯好茶，有多么费事多么困难：

先说便利的方面，除了旷野的风景和野趣，还有方便取水的一眼清泉，前提是这泉水甘甜好喝。不过，刘、孟二人所在的河南没有名泉，刘言史在诗题中也明确说明，他们是在一处无名的野泉旁煎茶。如果泉的附近有树丛，烹水的燃料也解决了，刘、孟二人捡的是掉落的鸟巢，是干燥的枯枝，利于燃烧。

说完了便利的条件，剩下的全是麻烦。引火的火石或者火镰、用于烧火的火炉、取水和烧水的水瓶、几只茶碗、取茶的茶匙……这应该是最起码的装备，要把这些东西带到野外去，是不是很麻烦？听一听就令人丧气，兴致全无。

最重要的当然还是茶。从第一句"粉细越笋芽"来看,他们带的是草茶。如果是唐代最常见的饼茶、片茶,他们要把茶饼或者茶片捣碎碾碎,需要茶臼或者茶碾,还需要茶罗,那就更麻烦了。

携茶去野外试泉虽然麻烦,过程却充满乐趣,所以历代都有许多诗人尝试过。白居易就写过一首《山泉煎茶有怀》:

坐酌泠泠水,看煎瑟瑟尘。

无由持一碗,寄与爱茶人。

白居易不但去野外喝茶,还在野外饮酒:"提笼复携榼,遇胜时停泊。泉憩茶数瓯,岚行酒一酌。"另一位唐代诗人杜牧也写过"携茶腊月游金碧"的句子,带着茶在寒冷腊月游览金碧洞。

南宋陆游曾经带病前往野外,在山间采摘新鲜的茶芽,亲手烹试,并写出一首《北岩采新茶用忘怀录中法煎饮,欣然忘病之未去》:

槐火初钻燧,松风自候汤。

携篮苔径远,落爪雪芽长。

细啜襟灵爽,微吟齿颊香。

归时更清绝，竹影踏斜阳。

　　陆游把茶具装在篮中，踏着小径进山，采摘新鲜的茶芽，汲泉生火，在野外亲手烹试。茶芽新鲜，但诗中没有提到焙茶或者炒茶，直接煎尝，不知道用什么手段激发茶香。从诗句上看效果还不错，喝起来让诗人"襟灵"为之一爽，口齿留香，精神饱满，完全忘记自己的病了。

　　为了方便到野外烹茶饮酒，有人设计了专门的工具。《扬州画舫录》记载了清代乾隆年间一个名叫江增的富人，把煎茶、饮茶的器具装入两个小橱中，可以用一根扁担挑着上山，称之为"游山具"。

　　设计精巧的两个小橱中各种物品应有尽有，包括文房四宝、手炉、酒具、碗筷、折扇、填漆的脸盆、手巾、烟袋、笛箫、蒲团等。其中用来野外饮茶的器具包括：铜制的烧水的茶罐、夹炭用的两根火箸、雕漆茶盘、铜火函、铜洋罐、宜兴砂壶、炭袋、填漆茶匙、锡茶器、取火的刀石等，比许多居家用具还要完备。

　　有的人贪恋野外那一泓清泉，贪恋置身山水之间的那一份放旷，但又讨厌携炉带碗那一套麻烦，干脆在泉边溪畔结庐而居，天天守着它，随时可以享用它。如此一来，美了自己也方便了朋友。朋友们只要简单带一点好茶，走到他那草庐去，就能得到临泉试茶的野趣。

宋代的王禹偁就有这样一位朋友,他因此写过一首《题张处士溪居》:

> 云里寒溪竹里桥,野人居处绝尘嚣。
> 病来芳草生渔艇,睡起残花落酒瓢。
> 闲把道书寻晚径,静携茶鼎洗春潮。
> 长洲懒吏频过此,为爱盘餐有药苗。

这位张处士远离尘嚣,像野人一样独自住在山中一条溪流边,周围有竹桥有白云。一夜醒来,酒杯中落满花瓣,渔船上长出荒草。在这仙界一样的地方,主人每天闲读书卷,漫步野径,惬意极了。朋友们都喜欢携茶拜访这位野居者,去品尝野菜,体会溪水烹茶的野趣。

茶酒之间

昨晚饮太多，嵬峨连宵醉。

今朝餐又饱，烂漫移时睡。

睡足摩挲眼，眼前无一事。

信脚绕池行，偶然得幽致。

婆娑绿阴树，斑驳青苔地。

此处置绳床，傍边洗茶器。

白瓷瓯甚洁，红炉炭方炽。

沫下曲尘香，花浮鱼眼沸。

盛来有佳色，咽罢余芳气。

不见杨慕巢，谁人知此味。

——白居易《睡后茶兴忆杨同州》

前一天夜里,诗人白居易因为醉酒而一夜沉睡。早晨起来饱餐一顿,接着又睡。午后总算是彻底醒了,闲着无事,围着花园中的水池漫步。眼前树影婆娑,青苔满地,景色清幽别致。于是诗人在树间挂起一张绳床,躺在上面逍遥,一边看着童仆们烹水碾茶。红炭白瓷,茶末泛香,水沸花浮,茶汤色调可人,喝到嘴里茶香沁入心底。可惜老朋友杨慕巢不在这里,此情此景,诗人无法与他分享。

诗题中提到的杨同州就是杨汝士,字慕巢,元和四年(809)的进士,做过工部侍郎、同州刺史、兵部侍郎等,死时为吏部尚书。白居易是杨汝士的妹婿,当年杨汝士出任东川节度使时,白居易代替夫人写了两首诗,祝贺杨汝士和嫂夫人,其中一首也提到了茶:"金花银碗饶君用,鼋画罗衣尽嫂裁。觅得黔娄为妹婿,可能空寄蜀茶来。"

白居易是贞元年间的进士,做过翰林学士、江州司马、杭州刺史、河南尹、刑部尚书等,晚年生活优裕,他的酒诗茶歌之中常常透露出一股悠闲慵懒、无欲无求的气息。比如一首《闲眠》:"暖床斜卧日曛腰,一觉闲眠百病消。尽日一餐茶两碗,更无所要到明朝。"

喝茶吟诗,睡觉吟诗,一首《食后》中写道:"食罢一觉睡,起来两瓯茶。举头看日影,已复西南斜。"另一首诗中也写道:"移榻树阴下,竟日何所为?或饮一瓯茗,或吟两句诗。"或者在春末夏初,去到乡间闲游,"林迸穿篱笋,藤飘落水花。雨埋钓舟小,风扬酒旗斜。嫩剥青菱角,浓煎白茗芽"。这些诗句中透露出浓浓的慵懒、无聊情绪。老之已至,死之将至,诗人有些消沉,却也无可奈何。

白居易很会享受生活,当然他也有享受的条件,饮茶之外喜欢喝酒,"小盏吹醅尝冷酒,深炉敲火炙新茶",也就是"爱酒不嫌茶"。

古人一般认为"茶与酒一也",但在茶酒之间,每个人总是有所取舍的,具体到白居易这里,他认为酒和茶各有所长。"驱愁知酒力,破睡见茶功",酒可以消愁,茶可以醒脑。"茶能散闷为功浅,萱纵忘忧得力迟。不是杜康神用速,十分一盏便开眉。"

在白居易看来,喝茶稍能解闷,萱草可以解忧,但它们的效力来得太缓太浅,不如喝酒那么快,满饮一杯就能让人心情大好。所以他更喜欢酒,茶汤则常在他醉酒之后用来解酒,比如一首《闲卧寄刘同州》所写:

软褥短屏风,昏昏醉卧翁。

鼻香茶熟后,腰暖日阳中。

伴老琴长在,迎春酒不空。

可怜闲气味,唯欠与君同。

另一首《萧员外寄新蜀茶》中说：

蜀茶寄到但惊新，渭水煎来始觉珍。

满瓯似乳堪持玩，况是春深酒渴人。

暮春时节，萧员外寄来一些新蜀茶，白居易用渭河水煎茶，茶盏当中浮满乳花，赏心悦目，尤其是在醉酒之后，喝起来格外爽口。当时白居易应该是住在长安，烹茶用的是渭河之水，水质估计很一般。长安这里缺少好水，否则李德裕也不会搞什么水递，不远千里来运惠泉水了。

唐朝时，蜀茶算是好茶，产地不单指四川，也包括云南等地，其代表是蒙顶茶。从地理位置上看，蜀茶的产地距离长安也不太远。白居易在诗中多次提到蜀茶，除了前面的几首，还有一首《谢李六郎中寄新蜀茶》：

故情周匝向交亲，新茗分张及病身。

红纸一封书后信，绿芽十片火前春。

汤添勺水煎鱼眼，末下刀圭搅曲尘。

不寄他人先寄我，应缘我是别茶人。

老朋友李六郎中情意深厚，寄来十片新制的蜀茶，是寒食之前采制的火前茶，新绿可爱，配上红色的信笺，格外好看。碾过的茶末细如粉尘，带着春茶的新意。李六郎中寄茶给白居易，只因他懂茶，知道茶的优劣。

关于蜀茶，陆羽在《茶经》中说："荆巴间采叶作饼。叶老者，饼成以米膏出之。欲煮茗饮，先炙令赤色，捣末，置瓷器中，以汤浇覆之，用葱、姜、桔子芼之。其饮醒酒，令人不眠。"又说："巴东别有真茗茶，煎饮令人不眠。"

正因为其醒脑提神的明显效果，白居易在醉酒之后特别喜欢喝蜀茶。这是酒徒的做法，真正的爱茶者绝不会这样——酒后神昏，味蕾迟钝，根本体会不到幽微飘逸的茶香和茶韵。

紫芽嫩茗和枝采

茶，

香叶，嫩芽。

慕诗客，爱僧家。

碾雕白玉，罗织红纱。

铫煎黄蕊色，碗转曲尘花。

夜后邀陪明月，晨前独对朝霞。

洗尽古今人不倦，将知醉后岂堪夸。

——元稹《茶》

这是一首形式特异的唐诗，作者元稹，字微之，河南人，唐代著名诗人、政治家，做过校书郎、祠部郎中、中书舍人、翰林承旨学士、工部侍郎同中书门下平章事等职务。

元稹和白居易是好朋友，两人诗文的风格相近似，在当时流传极广，被称为"元白体"，享有盛名。元稹的作品当中最著名的是传奇《莺莺传》和诗歌《离思》。

《唐诗纪事》中说，唐穆宗时代，白居易以太子左庶子的身份到东都洛阳任职，临行前朋友们在兴化池举行宴会，为白居易送行。席间大家玩起一个文字游戏——每人拈取一字，以字为题，以题为韵，各作一首一字至七字诗。这种文字游戏在唐朝比较流行，宋朝人称之为"一七令"，又名"宝塔词"，显然不认为它是诗。

要想玩好这类文字游戏，需要急智，更要有深厚、高超的文字功力。在兴化池的聚会中，白居易自己捏到了一个"诗"字，诗人李绅摸到一个"月"字，令狐楚夹到一个"山"字，而元稹拈到的是一个"茶"字，所以我们看到了这首诗。

唐代时，饮茶的习惯还不如后代那么普及，最喜欢喝茶的有两大类人。一类是白居易、元稹这样的文人雅士，有闲情逸致，喝茶可以帮助他们醒脑、提神，激发文思和灵感。另一类喝茶者是僧人、道士等出家人，身居山野之中，有时间，所以他们也是培育新茶、试验焙茶方法的主力。

元稹在这首诗里把茶拟人化，称它"慕诗客，爱僧家"，准确而生动地表达了这一层意思。

"碾雕白玉，罗织红纱"，碾茶用的是高贵的白玉茶碾，碾过的茶末再用红纱罗筛过，红罗、白玉相配合，雅致好看。唐宋时期，茶碾、茶磨是饮茶时必不可少的工具，制作材料包括石、铁、金、铜等，玉制的茶碾比较少见，太过奢侈。

元稹在他的《莺莺传》中还提到当时的一种竹碾。张生科举失利之后，开始疏远崔莺莺。崔莺莺已经预感到会被抛弃，回信给他，言辞当中充满了悔恨与自责。此时她对张生还抱有一丝希望，书信之外，又寄给张生几样礼物：她自幼佩戴的一枚玉环，一缕丝线，还有一只斑竹的茶碾子。几样东西各有象征，丝线和斑竹是说她自己"泪痕在竹，愁绪萦丝"，玉环是希望元稹能"如玉之贞"。

一般认为，《莺莺传》中的张生就是元稹自己，也许元稹真的用过这样一只斑竹的茶碾子。如果他在这首诗中写出"碾雕斑竹，罗织红纱"，其实也是很好的搭配。

一句"铫煎黄蕊色"，能看出唐朝人煎茶时，确实是把碾好的茶末与水一起烹煮。这样的喝法，茶味要浓厚、辛烈一些，醒脑提神的效果更显著，可以在朋友宴聚时佐欢，更可以充当无言的伴侣，在漫漫长夜、寂寞午后陪伴诗人，陪伴他仰望明月、迎盼朝霞。

　　元稹的茶诗没有白居易那么多，专门为茶而写的只有这一首游戏之作，但他对茶一点都不外行。唐宪宗时，元稹因为得罪了太监，被贬到湖北荆州。他在途中写了一首诗，寄给朋友白居易和李建：

> 想到江陵无一事，酒杯书卷缀新文。
> 紫芽嫩茗和枝采，朱橘香苞数瓣分。
> 暇日上山狂逐鹿，凌晨过寺饱看云。
> 算缗草诏终须解，不敢将心远羡君。

　　元稹想象着荆州的惬意生活，喝酒、读书、写诗、采茶、品橘、野寺看云、山中逐鹿，听起来趣味盎然。荆州产茶，对于河南出生的元稹来说，采茶是一件有趣的新鲜事，所以把茶芽连同枝条一起折下来。这是一个兴奋的外行人的做法，白居易听说之后，怕要嘲笑他了。

　　在一首《解秋》诗中，元稹这样描述他的闲散生活，也能看到一点茶的影子：

> 霁丽床前影，飘萧帘外竹。

> 簟凉朝睡重,梦觉茶香熟。
> 亲烹园内葵,凭买家家曲。
> 酿酒并毓蔬,人来有棋局。

"毓"是培养、养育。诗人一觉睡到日上高竿,大梦醒来,一杯香茶在手,床前光影闪烁,帘外竹影婆娑。诗人亲自种菜、酿酒、烹饪、下棋,无尽逍遥。

"簟凉朝睡重,梦觉茶香熟",和许多嗜茶者一样,元稹醒来之后的第一件事就是喝一杯热茶,帮助醒脑。好朋友白居易也是这样,"游罢睡一觉,觉来茶一瓯""午茶能散睡,卯酒善消愁"。把不同诗人对同一话题的表达放到一起来看,很有意思。

僧茶见灵性

山僧后檐茶数丛,春来映竹抽新茸。
宛然为客振衣起,自傍芳丛摘鹰嘴。
斯须炒成满室香,便酌砌下金沙水。
骤雨松声入鼎来,白云满碗花徘徊。
悠扬喷鼻宿酲散,清峭彻骨烦襟开。
阳崖阴岭各殊气,未若竹下莓苔地。
炎帝虽尝未解煎,桐君有箓那知味。
新芽连拳半未舒,自摘至煎俄顷余。
木兰沾露香微似,瑶草临波色不如。
僧言灵味宜幽寂,采采翘英为嘉客。

不辞缄封寄郡斋,砖井铜炉损标格。

何况蒙山顾渚春,白泥赤印走风尘。

欲知花乳清泠味,须是眠云跂石人。

——刘禹锡《西山兰若试茶歌》

刘禹锡是晚唐著名诗人,诗才出众,被白居易称为"诗豪"。刘禹锡恃才傲物,一生都在政治旋涡中沉浮。

这首试茶歌写的是诗人去西山的寺庙中拜访僧人,庙后的茶树上冒出春芽,如鹰嘴一般,僧人采摘下来炒成新茶,打来溪水烧开,冲点出满碗的乳花。茶汤香妙,驱走昨夜的醉意,扫尽胸中的烦恼。不同位置的茶树,成茶的滋味也有细微的差别,长在竹下、苔地的茶树最好。茶树自古就有,但炎帝、桐君不懂如何焙制,难以激发出茶芽的真香。而山中的僧人最懂茶,挑选拳曲而尚未舒张的茶芽,采摘之后马上炒制,马上冲点,才能最大限度保留茶叶的纯正滋味。新茶的香气如木兰沾露,汤色如瑶草临波。如此佳茗,要心怀幽静才能品味得出真香。

诗人惦记着远方的朋友,如此好茶能否用白泥封印寄给他们,就像市面上那些蒙山茶、顾渚茶一样?僧人说不能,市间的井水和铜炉会大损茶味,只有置身于山高云深之处,才能品尝到好茶的真韵。

通读此诗,生出一点疑惑:全篇看不到碾茶、磨茶的环节,僧人炒过茶芽之后马上就烹水冲点,那么诗中那句"白云满碗花徘徊"从何而来?是翻溅的水沫?或者他们炒制的是颜色浅淡的白茶,那便说明唐朝时就有人直接冲泡散茶,不用碾罗。

刘禹锡的另一首《尝茶》中,也用鹰嘴形容茶芽:"生拍芳丛鹰嘴芽,老郎封寄谪仙家。今宵更有湘江月,照出霏霏满碗花。"茶盏当中乳花霏霏,那一定是碾过的茶末。诗中提到了湘江月,唐宪宗登基之后,刘禹锡、柳宗元所属的政治集团失势,二人分别被贬往贵州的播州、湖南的永州。柳宗元认为刘禹锡家中还有老人,播州地方太过偏远,愿意和他交换。最终刘禹锡被贬为朗州司马,位置在湖南常德一带,这首诗应该就写在朗州。

柳宗元,字子厚,进士,文章卓伟精致,曾任礼部员外郎,元和年间被贬为永州司马,元和十年改为柳州刺史,几年之后死在那里。

作为唐宋八大家之一,柳宗元也写过茶诗。刚到湖南永州时,柳宗元无处安身,住进永州龙兴寺的西庑。房间建在高坡之上,室内无窗,光线昏暗。柳宗元自己动手在西墙上开了一扇门,门外建起一座小轩。小轩之下是幽深的山谷,树木森然,大江从谷底流过,坐在轩中可以一览无余。这期间,柳宗元写下一首《巽上人以竹间自采新茶见赠,酬之以诗》：

> 芳丛翳湘竹，零露凝清华。
> 复此雪山客，晨朝掇灵芽。
> 蒸烟俯石濑，咫尺凌丹崖。
> 圆方丽奇色，圭璧无纤瑕。
> 呼儿爨金鼎，馀馥延幽遐。
> 涤虑发真照，还源荡昏邪。
> 犹同甘露饭，佛事薰毗耶。
> 咄此蓬瀛侣，无乃贵流霞。

诗题中提到的巽上人是龙兴寺里的僧人，法号重巽，是柳宗元的好朋友。僧人从竹林中采摘新鲜的茶芽，用清澈的溪水揉洗，在山崖边生火焙制。然后将茶芽装进圆形或者方形的模具当中，压制成饼片。

柳宗元得到僧人的新茶，让童子煮水烹茶。茶香飘散，茶汤喝下去，洗净了胸中的俗虑，荡尽了昏沉和邪念，还原自己的真性灵、真面目。这茶如同佛家的甘露饭，普惠众生。如此仙侣，如此好茶，值得珍重。柳宗元没有写出茶名，从诗中的描述来看，这种茶的焙制方法也没有特别之处,应该是很普通的一种茶。

柳宗元最有名的一首茶诗是《夏昼偶作》:

南州溽暑醉如酒,隐几熟眠开北牖。
日午独觉无余声,山童隔竹敲茶臼。

炎热的夏日晌午,童仆准备为主人烹茶,在竹林之中捶捣茶臼,声音断续传来,惊扰了诗人的清梦。清幽的竹林加上断续的茶臼之声,混合而成的意象充满了野趣。

山童用茶臼捣茶,有两种可能:一是按照蜀人的做法,把茶叶和调味料、药材等一起捣烂,制作擂茶。或者茶臼的作用相当于茶磨、茶碾,用它把茶饼、茶团捣成细末,再与水烹煮。据此推测,这是柳宗元贬往广西柳州之后的一首诗作。

陆羽在《茶经》中没有介绍岭南的茶,岭南的广西、广东等地有一种特殊的茶,名为苦𣞙,也称为苦丁茶,不同于一般意义上的茶,而是一种乔木的叶子,叶片比较大,味苦而回甘,可以消炎、止痛。

《岭外代答》中说,广西的修仁县也产茶,当地人焙制成方銙,分为三等。最高级的一种大约二寸见方,比较厚,上面有"供神仙"三字。

中级的方銙大约五寸见方，比较薄。最差一级的方銙又粗又薄。这种修仁茶要用水煮，"其色惨黑，其味严重，能愈头风"，估计和苦荅差不多。

《广东通志》记载，晚唐诗人曹松曾经把顾渚茶移植到广东的西樵山一带，并教给当地人焙茶的方法。曹松是安徽舒州人，在科举考试中连连失利，到了唐昭宗天复年间才进士及第，此时他已经七十多岁了。曹松的时代，广东、广西本地应该早有茶树，大概他只是把焙茶的方法介绍过来。

通常，出产好茶的地方才会有精美的茶具，比如福建的茶盏、宜兴的茶壶。雷州一带虽无名茶，但当地的工匠制造的茶碾、汤瓯等茶具却非常精美，不输福建，其中原因令人费解。

惠山试泉

素沙见底空无色,青石潜流暗有声。

微渡竹风涵渐沥,细浮松月透轻明。

桂凝秋露添灵液,茗折香芽泛玉英。

应是梵宫连洞府,浴池今化醒泉清。

——李绅《别石泉》

李绅是晚唐诗人,唐宪宗元和年间进士,身陷朋党之争,与《煎茶水记》的作者张又新分属对立的政治阵营。这一首《别石泉》是较早吟咏惠山泉的一首诗,诗序中如此介绍此泉:"在惠山寺松竹之下,甘爽乃人间灵液,清澄鉴肌骨,含漱开神虑。茶得此水,皆尽芳味。"

李绅在诗中极力赞美惠泉水的清澈，泉底的青石白沙清晰可见，松林、竹林之间的雨露汇聚起来，融入泉中。惠泉一定是与仙宫的洞府和浴池相通连，它的水才会充满灵性，最能激发茶茗的芳香。

张又新在《煎茶水记》中把无锡惠山寺的泉水排列为天下第二，影响深远，但李绅对惠山泉水的赞美应该没有受到张又新的影响，而与李绅同属一个政治阵营的李德裕同样迷信惠泉。《唐语林》中说，李德裕身居高位却生性节俭，不好酒色，唯独对煎茶的水异常讲究，不喝长安本地的水，专喝惠山泉水，通过驿站千里迢迢把惠泉水运送到长安，称为"水递"。

李德裕曾经为水递辩解说，每个人都有嗜好，他也一样，而且他对于水的讲究和惠山泉的钟爱，对社会基本没有什么危害。当时有一位僧人允躬告诉李德裕，长安城昊天观中有一眼水井，水脉与惠山泉的水脉相通。李德裕取来昊天观的井水一试，果然与惠山泉相同，才取消了水递。这当然是无稽之谈，只能说昊天观的水质很好，不比惠山泉水差。

李德裕如此喜欢惠山泉水，自然会为它写点什么，比如这一首《惠泉》：

兹泉由太洁，终不畜纤鳞。

到底清何益，含虚势自贫。

明玑难秘彩，美玉讵潜珍。

未及黄陂量，滔滔岂有津。

李德裕在诗中极力赞美惠山泉水的清澈、爽洁，水中毫无杂质。这首诗被刻在惠山泉旁边的石板上，宋代时还能看到。

张又新的水榜、李德裕的水递让惠山泉水名声大噪，唐朝以后不断有人慕名而来，临泉试茶赋诗，宋代的蔡襄就有一首《即惠山泉煮茶》：

此泉何以珍，适与真茶遇。

在物两称绝，于予独得趣。

鲜香箸下云，甘滑杯中露。

当能变俗骨，岂特湔尘虑。

昼静清风生，飘萧入庭树。

中含古人意，来者庶冥悟。

蔡襄认为，只有遇到真茶、好茶才能凸显出惠山泉的可贵品质。他喜欢好泉烹好茶的绝妙搭配，碗盏中的茶汤甘滑香妙，如露如饴，可以洗去身上的俗气，涤尽心中的烦恼。风清寂静，庭树飘摇，把盏细酌，诗人蔡襄陷入了空灵的冥想："此地此泉，曾有多少先贤驻足品尝，未来还会有多少后人如我这般沉思遐想？"

以蔡襄的地位，他带来烹试的肯定是顶级的好茶，所以他才会说"在物两称绝"，具体是什么茶，诗中没有交代。后来苏轼也来惠山试泉，明确说明自己带的是小龙团，而小龙团正是蔡襄主导焙制的贡品茶。苏轼和一位道人一起登上惠山，用贡品小龙团亲试惠山泉水："踏遍江南南岸山，逢山未免更留连。独携天上小团月，来试人间第二泉。"

宋代著名文学家黄庭坚也尝过惠山泉水，是一位名叫黄从善的朋友送给他的，黄庭坚写了一首《谢黄从善司业寄惠山泉》表达谢意：

> 锡谷寒泉椭石俱，并得新诗蚕尾书。
> 急呼烹鼎供茗事，晴江急雨看跳珠。
> 是功与世涤膻腴，令我屡空常晏如。
> 安得左轓清颍尾，风炉煮茗卧西湖。

通常，人们是把惠泉水装在坛子里长途运输，时间一久，坛中的泉水就会沾染上坛子的气味，或者滋生出微生物，影响水质和口感。如何

解决这个难题？宋代人发明了两个办法：一是用干净的细沙把坛中的惠泉水过滤一遍，据说水会同新汲的一样新鲜，称为"拆洗惠山泉"；另一种方法，就是黄庭坚在这首诗中所说的，在装水的坛子里放一些卵石，增加水与坛的摩擦系数，在运输过程中，水在坛中不停地激荡，以保持其新鲜度。

朋友送来惠泉水和美妙的诗书，黄庭坚立刻烹水点茶。美妙的茶汤能涤净肚肠，使人清爽宁静。黄庭坚很希望自己能有高位厚禄，能够逍遥江湖，从容享受好茶好水。

明朝的袁宏道曾经带着天池好茶，和一群朋友来试惠泉水，品尝之后说出人生的一大愿景，就是能够长享惠泉水，长享顾渚、天池、虎丘的好茶。这是一个茶痴才会有的奢望，不容易实现。

古代交通不便，前往惠山亲自尝试泉水并不容易，所以更多的人像李德裕一样，把惠泉水运回去享用，中间还闹了不少笑话。为了节省费用和保障泉水的新鲜度，茶友们通常是组织成社，定期运取惠泉水。

惠山泉水似乎可以匹配各种名茶，唐代李德裕用它烹点蜀茶或者紫笋茶。宋代的晏殊用它冲泡日铸新茶，"稽山新茗绿如烟，静挈都蓝煮惠泉"，苏轼用它烹点小龙团。明朝的李日华用它冲泡火前龙井茶、虎丘茶和上等的岕茶，张大复用它冲泡天台山的云雾茶。晚明文学家袁中道曾经在行驶的船中，一边用惠泉水冲泡虎丘茶，一边欣赏雨后的两岸风景，感觉如同神仙："杨柳发嫩绿，雨后益娟美。携有虎丘茶，并饶惠泉水。闻香不见色，齿牙风诩诩。"

时代越晚，人们似乎越离不开惠泉水了，尤其是明朝晚期的江南文人，开口就是惠山泉，好像天下只有这一处好水，让人心生厌倦。相比之下，明末清初的张岱努力在本地寻找好泉水，发现绍兴本地的禊泉和玉带泉，水质清冽甘芳，与浙江当地的草茶相配合，效果很好。这种不逐俗流、不求奢侈的做法值得称道。

历史上，以惠泉为主题的诗文一直很常见，少有新意，只有袁枚的一首《第二泉》，形制短小但颇有哲理：

清绝形难比，源深取不穷。

知名不知味，来往一杯同。

惠泉水说到底也只是水，滋味并没有奇异之处，大家真正追求的不过是"惠泉"这个名字。

蒙山味独珍

剑外九华英,缄题下玉京。

开时微月上,碾处乱泉声。

半夜邀僧至,孤吟对竹烹。

碧流霞脚碎,香泛乳花轻。

六腑睡神去,数朝诗思清。

其余不敢费,留伴读书行。

——李德裕《故人寄茶》

李德裕是唐朝宰相李吉甫的儿子,自己也官至宰相,曾经在剑南、浙西、淮南等地任职,阅历丰富。

茶事方面，李德裕专嗜惠山泉，不远千里，通过"水递"把惠山泉水从无锡送到长安去。那么，李德裕用他珍爱的惠泉水烹点的又是什么茶呢？从这首《故人寄茶》中可以找到答案。对了，就是蜀茶，也是长安城里最流行的一种茶。

李德裕的朋友从四川寄茶来，蜀茶制成茶饼，烹点之前要仔细碾成茶末。深夜里，李德裕请来僧人朋友，对竹烹茶。不知道这位僧人是不是允躬，他们用的是惠泉水还是长安昊天观的井水。水注入茶盏，乳花泛香，驱走了睡魔，唤醒了诗神。剩下的茶饼要好好珍惜，以备读书时醒脑。

饮茶风俗在中原地区广泛流传开来，大约是在中唐时期，我们可以发现一个现象：初唐、中唐的文学家极少提到茶，到了晚唐，写作茶诗的人越来越多。进入茶风盛行的宋代，几乎每个文学大家都或多或少写过茶诗。在这方面，李德裕算是得风气之先的时髦之人，他还写过一首《忆茗芽》：

谷中春日暖，渐忆掇茶英。

欲及清明火，能销醉客醒。

松花飘鼎泛，兰气入瓯轻。

> 饮罢闲无事,扪萝溪上行。

揣测诗意,大概是回忆他在浙西、淮南任职时,春天里上山游玩,亲手采茶焙茶的经历。分析诗句,是炒制茶芽,随即烹试,品茶之后拉着藤萝进山游玩。制茶和烹茶的方式都与蜀茶不同。

李德裕的时代,蜀茶最受推崇,而蒙顶茶称得上蜀茶中的精品,所以同时代的白居易有诗称:"茶中故旧是蒙山。"

蒙顶茶的产地在四川雅安市名山区的蒙山,"蒙者,沐也,言雨露常蒙也"。蒙山之中有五座山峰,最高者名为上清峰。《蜀中广记》中说,最正宗的蒙顶茶就生长在上清峰的甘露井边,"叶厚而圆,色紫赤,味略苦"。这和山顶的日照条件有很大关系,"蒙顶茶受阳气全,故芳香独烈"。

到了宋代,建茶大受追捧,江南的日铸、阳羡、双井等草茶也各有拥趸,以蒙顶茶为代表的蜀茶逐渐被主流社会冷落。北宋著名诗人梅尧臣写过一首《得雷太简自制蒙顶茶》:

> 陆羽旧茶经,一意重蒙顶。
> 比来唯建溪,团片敌汤饼。

顾渚及阳羡，又复下越茗。

近来江国人，鹰爪夸双井。

凡今天下品，非此不览省。

蜀舛久无味，声名谩驰骋。

因雷与改造，带露摘牙颖。

自煮至揉焙，入碾只俄顷。

汤嫩乳花浮，香新舌甘永。

初分翰林公，岂数博士冷。

醉来不知惜，悔许已向醒。

重思朋友义，果决在勇猛。

倏然乃以赠，蜡囊收细梗。

吁嗟茗与鞭，二物诚不幸。

我贫事事无，得之似赘瘿。

这是一段唐朝到北宋的名茶简史，诗人列举了北宋流行的建茶、顾渚茶、阳羡茶和双井茶等，与之相对照，蒙顶茶日趋落寞。北宋著名书法家雷简夫出任雅州太守，利用自己的职务之便，想要改造和振兴蒙顶茶。

雷简夫从采茶环节入手，采摘鲜嫩的茶芽，制成茶饼。因为茶芽细嫩，碾茶的环节就特别轻松。雷简夫把改造后的蒙顶茶装在蜡囊之中，赠送给朝中高官品尝。在一次醉酒之后许诺也给梅尧臣一些品尝，同时寄来的还有蜀人制作的马鞭，都是稀罕之物。梅尧臣仔细品尝，认为蒙顶茶茶汤漂亮鲜嫩，香甘味永。可惜自己是一个穷光蛋，喝不出什么名堂，又没有好马，没有机会用到那根蜀鞭，白白糟蹋了好东西。

北宋诗人文同是宋仁宗皇祐元年（1049）的进士，在四川做过官，写过一首《谢人寄蒙顶新茶》，描述蒙顶茶的采摘、焙制过程和品饮感受，内涵丰富，语言精准，是描述蒙顶茶最好的一首诗：

蜀土茶称盛，蒙山味独珍。

灵根托高顶，胜地发先春。

几树初惊暖，群篮竞摘新。

苍条寻暗粒，紫萼落轻鳞。

的砾香琼碎，蓬鬆绿蚕匀。

慢烘防炽炭，重碾敌轻尘。

无锡泉来蜀，乾崤盏自秦。

十分调雪粉，一啜咽云津。

> 沃睡迷无鬼,清吟健有神。
>
> 冰霜疑入骨,羽翼要腾身。
>
> 磊磊真贤宰,堂堂作主人。
>
> 玉川喉吻涩,莫惜寄来频。

诗中的"的皪"是鲜明、明亮的意思,"鬘鬘绿茧匀"形容茶芽整齐的样子。采摘下来的茶芽揉制之后,用微微的炭火烘焙。仔细碾成茶末,用惠山泉水烹点,茶汤倾入秦盏当中,汤色雪白,喝下去醒脑提神,让人身轻骨爽,飘然欲仙。

北宋书法家文彦博也写过一首《蒙顶茶》,文字简略得多:"旧谱最称蒙顶味,露芽云液胜醍醐。公家药笼虽多品,略采甘滋助道腴。"简单地赞美茶汤美好,但在宋代丰富的茶品当中,他认为蒙顶茶只能算是聊备一格。

到了明末清初,王士禛在他的《陇蜀余闻》中也讲到了蒙顶茶:蒙山中有一处智炬寺,极品的蒙山茶产在蒙山最高的上清峰,峰顶有一块巨石,石头上一共生有七棵茶树。明朝时,这些茶树每年冒出的茶芽数量都要由智炬寺的僧人记录在案,最终制成的蒙顶茶只有几钱,其中一钱贡进皇宫。七棵茶树之外,还有几十棵"陪茶",品质稍差一等,所产之茶也多被王公显贵得到，普通人无缘得见。

对照一下唐宋文献的记载，可以看出蒙顶茶的一些变化，那就是真正的蒙顶茶已经极少。王士禛还提到上清峰山顶附近的一眼泉水，"味清妙"，品质在惠山泉之上，用来搭配蒙山茶，效果极佳。

紫笋阳羡各斗新

日高丈五睡正浓,军将打门惊周公。
口云谏议送书信,白绢斜封三道印。
开缄宛见谏议面,手阅月团三百片。
闻道新年入山里,蛰虫惊动春风起。
天子须尝阳羡茶,百草不敢先开花。
仁风暗结珠琲瓃,先春抽出黄金芽。
摘鲜焙芳旋封裹,至精至好且不奢。
至尊之余合王公,何事便到山人家。
柴门反关无俗客,纱帽笼头自煎吃。
碧云引风吹不断,白花浮光凝碗面。

一碗喉吻润,两碗破孤闷。

三碗搜枯肠,唯有文字五千卷。

四碗发轻汗,平生不平事,尽向毛孔散。

五碗肌骨清,六碗通仙灵。

七碗吃不得也,唯觉两腋习习清风生。

蓬莱山,在何处。

玉川子,乘此清风欲归去。

山上群仙司下土,地位清高隔风雨。

安得知百万亿苍生,命堕在巅崖受辛苦。

便为谏议问苍生,到头还得苏息否。

——卢仝《走笔谢孟谏议寄新茶》

卢仝是晚唐诗人,曾经隐居在少室山,自号玉川子,后来搬到洛阳居住,屡试不第,生活贫困。卢仝在当时很有诗名,韩愈在唐宪宗元和五年(810)出任河南令,很赏识他的才学,写过一首《寄卢仝》,如此描述卢仝的清贫生活:"玉川先生洛城里,破屋数间而已矣。一奴长须不裹头,一婢赤脚老无齿。辛勤奉养十余人,上有慈亲下妻子。先生结发憎俗徒,闭门不出动一纪。"

卢仝因为大胆敢言，得罪了人，后来在甘露之祸中被害，只活了四十多岁。在他传世的诗作当中，这一首茶诗是最有名的。后世赞扬这首诗"自出胸臆，造言稳贴"，畅快淋漓，颇为大气。

诗人大白天在家里睡觉，一位军将送来孟谏议的书信，还有白绢包裹的三百片新茶。孟谏议在信中说明，这是今年的新茶。每年的惊蛰之后百草萌动，暖暖的春风里，花结蓓蕾，茶抽新芽，最先发芽的阳羡贡品茶要先献给天子品尝。

鲜嫩的茶芽如黄金一样宝贵，新鲜的茶芽焙制之后仔细封裹起来，皇家享用之余还要分赐给王公大臣，普通人很难有机会品尝。诗人得到如此珍贵的好茶，赶快掩好柴门，郑重地戴好纱帽，亲自动手烹水煎茶。汤入碗盏，茶花浮动，光凝碗面。

第一碗茶汤喝下去，算是润一润喉咙。两碗之后，心中的孤闷之感渐渐消散。三碗下肚，神思清爽，突然明白自己挣扎一生，除了读书五千卷再无别物。喝到第四碗时，周身的毛孔散开了，积聚一生的郁闷与不平都随着微汗散尽。再喝第五碗，肌肤清爽，骨骼轻盈。第六碗喝下去，感觉整个人已经进入通灵的境界。最后端起第七碗，只觉得腋下清风习习，自己就要乘此清风飞向蓬莱仙界，去问问那些清高的神仙，是否知道俗世之间苍生的辛苦，问问他们苍生什么时候能得以休养生息。

孟谏议送给卢仝的是阳羡茶，也属于当时的贡品茶，产地在湖州、常州一带，即现在的宜兴、长兴等地。唐代陆羽在《茶经》中说"浙西以湖州上、常州次"，认为这一带的茶最好。

唐代最受追捧的是蜀茶，但蜀茶有一个明显的问题，就是上市的时间比较晚，新茶大概要到春末夏初才会有。于是在初春季节就有了断档，而湖州顾渚山出产的紫笋茶在时间上很有优势，每年清明之前就能送到长安，比蜀茶早了许多，因此成为贡品茶。贡品茶一般是先送到宗庙中供奉祖先，再分赐给大臣。

到了唐代宗时期，常州刺史李栖筠请陆羽品尝当地的好茶，陆羽的评价是"芬香甘辣，冠于他境"。李栖筠接受陆羽的建议，一下子进贡了一万两茶，皇帝品尝之后果然喜欢，从此阳羡茶也成为贡品茶。

芬香甘辣的阳羡茶得到陆羽的肯定，卢仝喝过之后如成仙般飘飘欲飞，如此激动兴奋，说明这种茶提神醒脑的效果非常明显，名不虚传。李栖筠用茶向皇帝献媚，却苦了当地的百姓。每年春天为了完成贡品茶的数额，许多人辛苦劳作，卢仝因此在诗尾感慨百万苍生在"巅崖受辛苦"。

湖州顾渚山的紫笋茶和常州的阳羡茶都是贡品茶，两地山水相连，每年春天当地官民都要日夜忙碌。按照唐朝制茶的主流做法，茶芽在采摘、精选之后，要用山泉漂洗、团揉，装入模具当中，用火焙烤，制成茶饼、茶片。

湖州和常州之间有一道金沙泉，两地焙制贡茶都离不开这道泉水。每到采茶季节，两地官员会在泉水边设宴。有一年春天白居易从马上摔落，伤了腰，每天躺在窗下喝着蒲黄酒，而他的两位朋友分别在常州和湖州做官，这个季节都在为贡品茶忙碌，白居易想象着那边的热闹，写出一首《夜闻贾常州、崔湖州茶山境会，想羡欢宴，因寄此诗》：

遥闻境会茶山夜，珠翠歌钟俱绕身。
盘下中分两州界，灯前合作一家春。
青娥递舞应争妙，紫笋齐尝各斗新。
自叹花时北窗下，蒲黄酒对病眠人。

两州交界的茶山之上一片忙碌，入夜以后也是灯火通明。两州的官员们聚在一起设宴，灯下歌乐缭绕，艳丽的舞女轮番妙舞，再加上浓浓的新茶气息，如此气象让病床上的白居易非常羡慕。

到了宋代，建茶成为贡品茶，浙江的紫笋茶和阳羡茶不再是贡品，也就不再焙制成饼，恢复了草茶的本来面目。但它们在民间依然极受追捧，晚明时身价最高的岕茶就是其中的精品。

助禅悟道

> 枪旗冉冉绿丛园，谷雨初晴叫杜鹃。
> 摘带岳华蒸晓露，碾和松粉煮春泉。
> 高人梦惜藏岩里，白硾封题寄火前。
> 应念苦吟耽睡起，不堪无过夕阳天。
>
> ——齐己《闻道林诸友尝茶因有寄》

中国人饮茶风俗的形成和扩散，与佛教、道教密不可分。在江南、西南等地，饮茶之习俗早就存在，到了唐代的开元年间才真正在中原地区流行开来。据《封氏闻见记》载，当时有许多信徒前往泰山的灵岩寺学习禅教，大家严守清规，每天过午不食，夜里也不睡觉。为了驱赶睡魔、消除饥饿感,大家都拼命喝茶,个个养成了顽固的茶瘾。这些信徒最终没能修炼成仙,却把喝茶的习惯带到了中原各地,饮茶之俗从此迅速传播开来。

另一方面,写作《茶经》的陆羽早年就是由僧人养大,历史上的许多名茶最早也是僧人发现和焙制的,比如焦坑茶、松萝茶、蒙顶茶、云雾茶、武夷茶等,晚明最受追捧的岕茶中的精品被称为老庙后、新庙后,也都是僧人的杰作。苏州名茶虎丘茶也是虎丘寺的产品,成名之后,寺中的僧人因为不堪官府盘剥,一怒之下铲掉所有的茶树,这个珍稀的茶品就此消失。

因此,我们讨论茶诗也绕不过僧人。许多僧人写过茶诗,尤其是在唐朝。齐己是湖南益阳人,俗姓胡,最早在大沩山的一处寺院出家,后来转到江陵的龙兴寺,成为一名僧正。齐己身在空门,但毕生有志于学,存世有十卷诗集。曾经有一位朋友赠诗给他,夸他长得骨瘦神清,有宰相之器。

在齐己的经验当中,谷雨之前是湖南、湖北一带最适宜采茶的季节,茶树丛中枪旗嫩绿。一天当中,采摘茶芽的最佳时刻是在清晨,茶芽带着夜间的露水,蒸揉之后,加入松粉制成茶饼。

齐己的这首诗中,经常被人提及的是"高人梦惜藏岩里,白硾封题

寄火前"一句。按照陆羽的观点，上等的茶叶生长在烂石中间，比如最好的蒙顶茶就生长在一块岩石上，武夷茶中最好的岩茶也生长在山上石间。从时间上看，清明、寒食之前采摘的茶芽称为火前茶，品质最好。在一首《咏茶十二韵》中，齐己也表达了同样的观点："百草让为灵，功先百草成。甘传天下口，贵占火前名。"焙制好的茶饼包裹在高丽产的白硾纸中，寄给朋友品尝。制茶和包装的劳作帮助他度过沮丧的黄昏，陪伴他在长夜中苦吟觅句。

僧人们遁入空门，远离俗世，身居深山幽谷的古寺之中，参禅悟道之外，品茗、吟诗是最好的休闲，也是最好的修行。最初，僧人们采茶、焙茶的目的非常单纯，就是用它治病、醒脑、提神，如唐代诗人李咸用在《谢僧寄茶》中所写："空门少年初志坚，摘芳为药除睡眠。"齐己饮茶的目的更为空灵，与诗有关，如他在一首《尝茶》中所说：

石屋晚烟生，松窗铁碾声。

因留来客试，共说寄僧名。

味击诗魔乱，香搜睡思轻。

春风霅川上，忆傍绿丛行。

"霅"是水流激荡之意。黄昏的山间，烹水的青烟袅袅，茶碾声声。齐己和朋友品茶谈诗，思绪飞扬，深夜里睡意全无，听着春风掠过河谷，往事尽在眼前。有茶有诗的生活，才是真生活。

除了齐己，唐代有名的诗僧还有一位皎然，字清昼，俗姓谢，是谢灵运的十世孙，湖州人，居住在杼山，存世作品为《杼山集》。皎然和陆羽、颜真卿等人都有交往，在一首《访陆处士羽》中有"何山赏春茗，何处弄春泉。莫是沧浪子，悠悠一钓船"句，显示他对陆羽生活方式的赞赏和肯定。

皎然写的茶诗比齐己少一些，最好的一首是《饮茶歌诮崔石使君》：

越人遗我剡溪茗，采得金牙爨金鼎。

素瓷雪色缥沫香，何似诸仙琼蕊浆。

一饮涤昏寐，情来朗爽满天地。

再饮清我神，忽如飞雨洒轻尘。

三饮便得道，何须苦心破烦恼。

此物清高世莫知，世人饮酒多自欺。

愁看毕卓瓮间夜，笑向陶潜篱下时。

崔侯啜之意不已，狂歌一曲惊人耳。

孰知茶道全尔真，唯有丹丘得如此。

皎然的文字当中几次提到剡山茗、剡溪茗，这种茶与著名的日铸茶非常相近。日铸茶产于浙江绍兴的日铸山，唐宋时期算是浙江最好的茶。产于日铸山顶油车岭的真品日铸茶，茶芽有一寸多长，带着一股天然的麝香之气，但产量稀少，于是出现许多假冒的日铸茶。其假冒手段一个是想办法在茶瓶当中加入麝香之气，另一个是用附近的茶来冒充。剡山与日铸山相邻近，所以流传于世的日铸茶大部分是由剡溪茶冒充的。

如果不去与日铸茶进行比较，单纯品尝剡溪茶，也是非常美妙的。采来金色的茶芽，在金鼎之中烹水煮茶，茶汤在白瓷盏中飘香，如琼浆一般美妙。喝下一盏，涤尽困倦；喝下两盏，神清气爽；三盏茶之后，人便如同得道一般无虑无忧。

比起卢仝的七碗茶汤，皎然的剡溪茶的效率要高得多，只用三盏就让人进入得道的境界。比起陶渊明悠然采菊，比起毕卓贪酒放纵，由茶而入道、得道，显得清高而爽洁。

而皎然的这位朋友崔石与众不同，喝茶喝到兴起时，便放开喉咙高歌一曲，令人又惊又喜。所以皎然笑他，称其因茶而得道，因茶而展现出自己的真性情，完全进入了神仙境界。

北苑作贡一人尝

北苑龙茶者,甘鲜的是珍。

四方惟数此,万物更无新。

才吐微茫绿,初沾少许春。

散寻萦树遍,急采上山频。

宿叶寒犹在,芳芽冷未伸。

茅茨溪口焙,篮笼雨中民。

长疾勾萌并,开齐分两均。

带烟蒸雀舌,和露叠龙鳞。

作贡胜诸道,先尝只一人。

缄封瞻阙下,邮传渡江滨。

特旨留丹禁，殊恩赐近臣。

啜将灵药助，用与上樽亲。

头进英华尽，初烹气味真。

细香胜却麝，浅色过于筠。

顾渚惭投木，宜都愧积薪。

年年号供御，天产壮瓯闽。

——丁谓《北苑焙新茶》

丁谓是长洲人，宋太宗淳化年间进士，做过福建转运使、枢密直学士、吏部尚书、宰相等。一般认为，丁谓出任福建转运使时主持焙制出了贡品龙团茶。但从《鹤林玉露》的记载来看，其实早在宋初的开宝年间，北苑就有了龙团贡品，丁谓到任之后沿袭了这种做法，并把它书面记录下来。

后来丁谓官运亨通，最终升为宰相。到了宋仁宗时代，蔡襄出任福建转运使，这时人们对于龙团贡茶已经没有了新鲜感。蔡襄就在选芽和焙制等环节精益求精，在龙团的基础上监造出了小龙团，一时引起轰动，小龙团也成为最珍贵的茶品。

这一首《北苑焙新茶》应该写在丁谓监造贡品龙团之后，从中可以看出他对采茶、造茶的诸多环节相当熟悉。在丁谓看来，北苑之茶的茶质最为甘美，而且萌芽的时间最早。初春的茶山之上隐约冒出一点点绿意，茶农们便背着茶篮早早上山。春雨连绵，茶树的枝叶上还残留着夜晚的寒凉。茶农们在茶枝中间仔细寻找大小合适的整齐茶芽，小心采摘，再装入笼中蒸过，压制成茶团，仔细缄封起来，通过驿递迅速传送过江，运往汴京，献给天子品尝。和别处的贡茶相比，北苑的春茶到得最早，蕴含天地英华，气味最真最纯，皇帝享用之后也会分出一些赏赐最宠幸的大臣。丁谓认为，北苑贡茶简直就是天赐的宝物，它的香韵胜过麝香，茶色比翠竹更好看。与它相比，湖州的顾渚茶、宜兴的阳羡茶都一钱不值，可以当成柴草烧掉了。

对于春茶，古人很强调采摘的时间，有所谓社前、火前、雨前等名目。社前指的是社日之前——社日是立春之后的第五个戊日，每十天一个戊日——算起来也就是立春之后的五十多天。古代在清明之前一到两日有一个寒食节，这一天禁火，火前指的就是寒食之前。清朝的乾隆皇帝观看杭州人炒制龙井茶，写过一首《观采茶作歌》，认为最好的龙井茶并不是火前，"火前嫩，火后老，唯有骑火品最好"，也就是清明左右的茶芽最好。雨前是指谷雨之前。从时间上算起来，社前最早，火前、骑火次之，雨前最晚。一般来说，越早出品的茶质量越好。

北苑茶能够成为贡品茶,除了品质好,还有非常重要的一点,就是它在建州的各种茶中萌发最早。按照丁谓的说法,在社前十五天就可以采摘第一批北苑茶,而可供采摘的茶芽异常稀少,一棵茶树上符合标准的往往只有几个茶芽,需要大量的茶农仔细寻找,"日数千工,聚而造之",也就是丁诗中所说的"散寻萦树遍,急采上山频"。最后把所有的茶芽聚积到一起,抓紧时间焙制,赶在社日之前送进皇宫。如此大耗民力,不惜成本和代价,只有北苑贡茶才能做到,才称得上是社前茶。

如此珍贵的社前贡茶,负责监造的丁谓也很难喝到,平时只能喝一些雨前茶,如他在一首《煎茶》中所说:

> 开缄试雨前,须汲远山泉。
> 自绕风炉立,谁听石碾眠。
> 细微缘入麝,猛沸恰如蝉。
> 罗细烹还好,铛新味更全。
> 花随僧箸破,云逐客瓯圆。
> 痛惜藏书箧,坚留待雪天。
> 睡醒思满啜,吟困忆重煎。
> 只此消尘虑,何须作酒仙。

真正的嗜茶者，烹茶中的许多环节都是亲自动手的，亲自候汤，亲手点茶，不厌其劳。丁谓就是这样，自己守着水炉，仔细倾听水沸的声响。碾过的茶末经过细罗的筛选，香气扑鼻。按照蔡襄在《茶录》中的说法，宋代的北苑贡茶在焙制时，要加入一种龙脑香，以助茶香。而福建茶农在自己喝的茶中并不添加香料，以保持茶的本香。

点好的一盏茶汤，乳花满盏，洁白而圆满，茶箸划过，乳花下面露出水痕。如此好茶在夏秋季节都舍不得喝，要放在书筐里珍藏，等到寒雪飘零时，当头脑昏沉时，当吟诗、读书困倦时，当满怀忧虑时，拿它出来煎尝，最是快意。

比较而言，嗜茶的丁谓是可亲可爱的，而那个督造贡茶的丁谓就有些面目可憎——仅仅为了皇帝能早几天品尝新茶，就驱使无数人日夜劳作。如此做法，丁谓自己也承认"工甚大，造甚精"，许多有识之士更是不以为然。

苏轼在《荔枝叹》中就曾批评丁谓、蔡襄之流，为了个人的前程，在皇帝面前献媚邀宠，争相创制新品的贡茶，却给黎民百姓带来沉重的负担："我愿天公怜赤子，莫生尤物为疮痍。雨顺风调百谷登，民不饥寒为上瑞。君不见，武夷溪边粟粒芽，前丁后蔡相笼加。争新买宠各出意，今年斗品充官茶。"

南宋学者罗大经在《鹤林玉露》中也认为，蔡襄的文名与范仲淹、欧阳修不相上下，令人敬重，只因监造贡茶、焙制小龙团之事，沦落到丁谓一样的档次，相当可惜，所以"君子之举措，可不谨哉"！

斗余香兮薄兰芷

年年春自东南来,建溪先暖冰微开。

溪边奇茗冠天下,武夷仙人从古栽。

新雷昨夜发何处,家家嬉笑穿云去。

露牙错落一番荣,缀玉含珠散嘉树。

终朝采掇未盈襜,唯求精粹不敢贪。

研膏焙乳有雅制,方中圭兮圆中蟾。

北苑将期献天子,林下雄豪先斗美。

鼎磨云外首山铜,瓶携江上中泠水。

黄金碾畔绿尘飞,紫玉瓯心雪涛起。

斗余味兮轻醍醐,斗余香兮薄兰芷。

其间品第胡能欺，十目视而十手指。

胜若登仙不可攀，输同降将无穷耻。

吁嗟天产石上英，论功不愧阶前蓂。

众人之浊我可清，千日之醉我可醒。

屈原试与招魂魄，刘伶却得闻雷霆。

卢仝敢不歌，陆羽须作经。

森然万象中，焉知无茶星。

商山丈人休茹芝，首阳先生休采薇。

长安酒价减千万，成都药市无光辉。

不如仙山一啜好，泠然便欲乘风飞。

君莫羡，花间女郎只斗草，赢得珠玑满斗归。

——范仲淹《和章岷从事斗茶歌》

历代茶诗当中最被称道的两首诗，一首是唐代卢仝的《走笔谢孟谏议寄新茶》，另一首就是宋代范仲淹的这一首《和章岷从事斗茶歌》。在宋代的文学大家当中，范仲淹谈论茶、泉的诗文最少，所谓"不鸣则已，一鸣惊人"，他一出手就写出这一首著名的茶诗，极为难得。

章岷是范仲淹的好朋友，从事是官名。章岷做过两浙转运使、江州通判、刑部郎中等，职务不高，和范仲淹之间有过诗文往来。从诗题来看，章岷写过一首斗茶诗，我们已经看不到，范仲淹写作此诗唱和。

宋代有斗茶的风气，斗茶大体来说分为两种：一种是茶农、茶商们的斗茶，为的是比较和验证茶品的优劣，属于生产、销售环节的专业斗茶；另一种是所谓的"二三君子相与斗茶"，或者是山中僧侣们斗茶，更有娱乐的意味。范仲淹这里写的"林下雄豪先斗美"，应该是后一种，即闲散雅士们互相斗试。

斗茶所用的是新焙制的建溪茶，产于武夷山中。每年春天，北方河冰刚刚融化，建溪的茶芽已经萌发。武夷山岭之上，古老的茶树上春芽新绿，如珠如玉。户户茶农开始忙碌，精挑细拣，采摘大小最合适的茶芽，一天忙下来采到的茶芽装不满围裙。然后是蒸揉并装入精美的模具之中，压制成茶饼，方如圭玉，圆如满月。这首诗前部分内容很像丁谓那首《北苑焙新茶》的前半部分。

范仲淹生活的时代，最好的北苑茶饼要全部贡献给皇家享用。与北苑相邻的壑源茶、沙溪茶也沾了光，大受追捧。建溪的武夷茶却默默无闻，雅士们正好用它从容斗试，看看谁家的更香美。碾茶的铜磨是用首山的好铜制作，茶末纷下，绿尘飞扬；点茶的水是天下第一的中泠水，注入紫玉瓯中，茶乳洁白，如雪涛泛起。

饮过了瓯中的茶汤，再不会贪恋醍醐的美味，再不会留恋兰花的芳香。众人轮番品尝比较，评判优劣高下，胜出的人如同身登仙界，落败之人如同败军之将。这些灵芽仙草都是上天降生的，功效神奇，可以涤清昏浊的神志，唤醒千日的沉醉；可以招回屈原的魂魄，惊醒醉死的刘伶。如此妙茶，卢仝不敢不为它作歌，陆羽不敢不为它写经。

天地万象，必有茶星。有了茶，秦汉时期的商山四皓不必再吃仙芝，伯夷、叔齐也不必采薇而食，长安的酒价为之跌落，成都的药市因此不再热闹。喝一口这神奇的茶汤，整个人心神轻盈，似乎可以乘风飞走。在斗茶中获胜，如同花丛当中的少女在斗草游戏中获胜，赢来满头珠翠一样快乐。

宋代时，福建北苑的饼茶取代了唐代的蜀茶、紫笋茶、阳羡茶等，成为主流的贡品茶。建溪武夷茶的品质其实比北苑茶更好，但宋代时还没有找到最恰当的焙制方法。到了元明时期，武夷茶的优异特点才被广泛发现，成为贡品，北苑茶反而走向没落。

范仲淹别具慧眼，早早发现武夷茶的神韵，他当然不是唯一的发现者。比他稍晚的梅尧臣在一首《吕晋叔著作遗新茶》中也说建溪茶"一朝团焙成，价与黄金逞"。梅尧臣得到的建溪茶一共十五饼，分为六种，每块茶饼用青嫩的蒲草包裹，外面用素麻包扎，贴着红签，乡野气息浓重。"屑之云雪轻,啜已神魄惺",喝起来味道当然也非常给力。

宋代斗茶当中,一个非常重要的比试项目就是茶汤表面的乳花。在点茶时,向茶盏中加入热水的同时,用竹筅快速击打茶汤,乳花因此而产生,遮盖住下面的茶水,使其不露痕迹。乳花越持久,水痕越晚露出,说明茶汤的品质越好。蔡襄在《茶录》中说过这一点:"视其面色鲜白,着盏无水痕为绝佳……以水痕先者为负,耐久者为胜。故较胜负之说,曰相去一水两水。"

曾经有一位朋友寄给梅尧臣一些建溪洪井茶,一共包括七个品级。梅尧臣尝试、比较之后,认为它们的差别主要表现在汤面的乳花、水痕之上,于是拟诗一首:

忽有西山使,始遗七品茶。

末品无水晕,六品无沉渣。

五品散云脚,四品浮粟花。

三品若琼乳,二品罕所加。

绝品不可议,甘香焉等差。

一日尝一瓯,六腑无昏邪。

……

这一段描述不同等级建溪茶的表现，其实相当于不同品级之间斗茶，差别还是相当明显的——最差的茶只能做到茶末与水完全融合，表面没有水晕。六等之茶，茶汤中没有沉渣。五等之茶，乳花挺多但比较散乱。四等之茶乳花满盏，不露水痕，说明茶末与水融合得非常充分。三等之茶，乳花的色泽如琼乳一般洁白细腻。二等的茶更为罕见，大概就是蔡襄所说的"面色鲜白"。一等之茶，其美好之处诗人已经无法描述。

而茶汤的甘香之气，与它外在的形式之美是互相匹配的，乳花越漂亮越耐久，茶汤喝起来越美好。

分宁茶客

西江水清江石老,石上生茶如凤爪。

穷腊不寒春气早,双井芽生先百草。

白毛囊以红碧纱,十斤茶养一两芽。

长安富贵五侯家,一啜犹须三日夸。

宝云日注非不精,争新弃旧世人情。

岂知君子有常德,至宝不随时变易。

君不见建溪龙凤团,不改旧时香味色。

——欧阳修《双井茶》

江西洪州的双井一带石奇水秀,最适合茶叶生长。当地出产一种草

茶，形如凤爪。因为冬季气候温暖，每年初春这里的茶树早早发出茶芽，采摘的时间比江浙一带的草茶都要早，能够抢得先机，这就是双井茶。加工炒制之后，为了保持它的新鲜和香味，包装时会在双井茶外面放上大量普通茶，比例大概是十比一，再用碧纱从外面包裹，也方便保存并运往远方售卖。

北宋的都城汴梁也有双井茶出售，但价格很高，只有富贵人家才喝得起。品尝过双井茶的人，都极为赞赏。

欧阳修处事比较圆滑，在诗中大力夸赞双井茶的同时，又不贬低别的茶，明确肯定宝云茶、日注茶仍然是精致的好茶，建茶也还是那么香美。但人性总是喜新厌旧，追捧新出的双井茶。

在《归田录》中，欧阳修就坦率得多，直夸双井茶，毫不掩饰地赞它"其品远出日注上，遂为草茶第一"。按照欧阳修的说法，双井白芽在宋仁宗景祐年间开始扬名，成名以后它的焙制越来越精致，名气也越来越大，成为草茶第一，品质远在日注茶之上。当然，这是欧阳修个人的看法。

欧阳修是江西吉州人，他赞美双井茶，只是出于个人的欣赏。相比之下，北宋另一个文学家黄庭坚的动机就不那么单纯了。黄庭坚的家乡是江西洪州分宁县的双井村，所以他经常自称"双井黄某"或者"双井黄庭坚"。他的家里就有茶园,出产品质很好的双井茶。

双井茶开始扬名的时候,黄庭坚还没有出生,长大成名以后他当然要大力推销家乡茶。在他留下的文字中多次提到了双井茶,他经常会拿出少量的双井茶送给朋友,借机大力宣扬它的美妙之处。可见,他很早就懂得利用名人效应来进行营销。

黄庭坚曾经送给苏轼一份双井茶,附诗《双井茶送子瞻》一首,态度颇为隆重:

> 人间风日不到处,天上玉堂森宝书。
> 想见东坡旧居士,挥毫百斛泻明珠。
> 我家江南摘云腴,落硙霏霏雪不如。
> 为公唤起黄州梦,独载扁舟向五湖。

大意是说:东坡居士隐居在清幽美静之处,坐拥宝书,笔下龙飞凤舞。我们家乡所产的双井茶品质优异,碾磨之后比白雪还要洁白。我把它献给居士,一脉茶香,陪伴先生神游五湖。

苏轼被黄庭坚的盛情所感染,依韵写了一首《鲁直以诗馈双井茶次韵为谢》,表达谢意:

> 江夏无双种奇茗,汝阴六一夸新书。
>
> 磨成不敢付僮仆,自看汤雪生玑珠。
>
> 列仙之儒瘠不腴,只有病渴同相如。
>
> 明年我欲东南去,画舫何妨宿太湖。

诗中说,双井茶真是江南奇特的好茶,欧阳修曾经夸赞过它,所以我亲自候汤,煎水烹茶,不敢让别人插手。我这个隐居山间的读书人身体瘦弱,和司马相如一样疾病缠身。明年我准备纵舟东南,顺便品尝那里的名茶。

诗中直接写到双井茶的只有这两句"磨成不敢付僮仆,自看汤雪生玑珠",强调自己对双井茶的重视,不想扫黄庭坚的兴。揣测诗意,苏轼似乎对双井茶有所保留,只说它是奇茗,这就像我们做客,尝了主人准备的美食,即使普普通通甚至不太喜欢,也只能客气地说这东西不错,真的很有特色。不过,苏轼是个大家,即使要照顾朋友的情面,也断不肯违心地说出更多赞美的话。在另外的场合,苏轼无意间说了实话,他极力称赞建茶,认为它可以"奴隶日注臣双井"。双井茶再好,终究是草茶,在宋代人的观念当中,就是次一等的货色。

黄庭坚大力赞美双井茶,热切向人推荐,时间一久也容易引起旁人的反感，宰相富弼就曾经很不屑地称黄庭坚"原来只是分宁一茶客"。

到了南宋，文学家杨万里也很推崇双井茶，写过一首《以六一泉煮双井茶》：

鹰爪新茶蟹眼汤，松风鸣雪兔毫霜。
细参六一泉中味，故有涪翁句子香。
日铸建溪当退舍，落霞秋水梦还乡。
何时归上滕王阁，自看风炉自煮尝。

诗中提到的六一泉在杭州报恩寺，寺中有一位僧人非常仰慕欧阳修，但从没有见过他。僧人死后不久，报恩寺附近冒出一眼新泉，泉水"白而甘"。苏轼因此用欧阳修的名号命名此泉为六一泉。因为欧阳修和苏轼的关系，这眼泉很快成为名泉。

杨万里带着双井茶去游杭州，用六一泉烹试，一边细细品呷，一边回忆黄庭坚关于双井茶的美妙句子，认为这种茶要比日铸茶、建溪茶好得多。杨万里用名泉与名茶互相搭配，不知道水性与茶性是否适合。这样的做法值得细细玩味，但只适合作诗。

有意思的是，杨万里和欧阳修、黄庭坚一样，也是江西人，他盼望着回到江西的滕王阁上,自己守着风炉,烹水点茶。说到底,双井茶是江西人的双井茶,是他们的最爱。

独坐试茶人

> 兔毫紫瓯新,蟹眼青泉煮。
> 雪冻作成花,云间未垂缕。
> 愿尔池中波,去作人间雨。
>
> ——蔡襄《试茶》

这是一首三韵五言诗,也称六句五言律诗,唐朝和唐朝以前很常见,宋代就比较少。

对于茶,蔡襄绝对是有发言权的。蔡襄,字君谟,福建仙游人,宋仁宗天圣年间进士,做过福州知州和福建路转运使,具体负责北苑贡茶的焙制。他在龙凤团的基础上,焙制出规格更小、更精致的小团,据说二十枚小茶团约重一斤，仅仅其中的一枚小团就价值二两黄金。

监造贡品茶的这段经历，让蔡襄深入了解采茶、制茶、品茶的诸多环节，成为茶事专家，也密切了他与宋仁宗的关系。蔡襄后来写了一篇《茶录》送给宋仁宗，简要介绍与茶相关的种种，比如怎样鉴别茶的色香味，怎样藏茶、炙茶、碾茶、罗茶、候汤、熁盏和点茶，与茶相关的种种器具。很短的一篇文字，写得清晰明畅，与蔡襄精美的书法相配合，给宋仁宗留下极好的印象。我们今天通过这些文字，可以更细致地了解宋代饮茶的种种细节。

蔡襄还以北苑贡茶为主题，写过组诗《北苑十咏》，内容包括采茶、造茶、试茶等，我们现在读到的这一首《试茶》就是其中之一。短小的一首诗，写到了茶盏、茶汤和茶色，从诗的角度来看没有新意，却是一首典型的宋代茶诗。

第一句写到了茶盏。蔡襄对于茶盏有自己的看法，宋代的贡品茶茶质极佳，磨成茶末之后呈现青白色，为了衬托茶汤、茶乳的颜色，茶盏的色调就要深重一些，最好是黑色的。因此，后人喜欢的青瓷、白瓷茶碗在北宋时不受欢迎。

当然，纯黑颜色的茶盏并不好看，需要有一点纹饰点缀。最高级的宋代茶盏是福建建安所产，带有细微的兔毫纹饰，就如蔡襄所说："建安所造者绀黑，纹如兔毫。"

《格古要论》中也谈到了这类黑色的宋代茶盏，上面的兔毫斑纹呈黄色："建碗盏多是撇口，色黑而滋润，有黄兔毫斑。"

黄色的兔毫斑纹是釉料经过高温烧制，再做特殊的工艺处理，产生的釉变奇幻莫测，非常好看，而且各不相同。黄色的细纹与碗盏的纯黑底色相搭配，典雅而华贵，宋朝人的审美观真是令人叹服，相比之下，我们的审美趣味就太俗劣了。

苏轼有"病贪赐茗浮铜叶，老怯香泉滟宝樽"的诗句，其中的"铜叶"，应该是指茶盏上的黄色兔毫斑纹。

宋代的茶盏也不全是黑色的，表现在宋人的诗句中，就有"绿绢封来溪上印，紫瓯浮出社前花"，米芾也写有"水竹风清一梦苏，涛生月破紫瓯须"的诗句。紫色也是浓重的冷色调，美感不输黑色。

宋代茶盏的另一个特点是盏壁比较厚，方便茶汤保温，拿在手里也不烫。茶盏做成敞口，方便点茶和使用竹筅扫打茶汤。

茶盏之外，蔡襄在诗中还写到了茶汤。"蟹眼青泉煮"，泉水最适合烹茶，好的泉水要寒冽，要清澈甘甜。烹水的火候非常重要，蔡襄认为候汤这个环节最难，难就难在唐宋时期使用茶瓶烧水，瓶身细长，不容易观察水面的状况。而水温直接决定茶汤的质量，"未熟则沫浮，过熟则茶沉"。当水面上出现蟹眼的时候,说明水已经煮老了,太熟了。因此,蔡襄认为汤瓶最好要小一点,这样方便观察,点茶的时候又方便倾倒。

烹泉的"蟹眼",茶盏上的"兔毫",再加上水沸时发出的"松风"之响,成为宋代茶诗中最常见的字眼,成为茶诗的标配,比如苏轼就有"响松风于蟹眼,浮雪花于兔毫",黄庭坚也有"兔褐金丝宝碗,松风蟹眼新汤"等诗句。不过,这一套组合在大家的诗词中反复出现,会给人一种俗套的感觉,毕竟,一首好诗应该是新奇而脱俗的。

"雪冻作成花,云闲未垂缕",蔡襄最后写到了茶汤表面的乳花,如同洁白的雪花,如同轻盈的云絮。如此美妙的茶汤,蔡襄希望它能像甘霖一样遍洒人间,人人都能享受到。

蔡襄在《茶录》中专门讲过乳花,它是拂打茶汤之后在表面凝结的泡沫,是宋代斗茶比试的重要项目,最好是"面色鲜白,着盏无水痕为绝佳",乳花保持的时间越久越好。当然,它也会影响到茶水的口感。

蔡襄在一首《六月八日山堂试茶》中也写到了乳花:"湖上画船风送客,江边红烛夜还家。今朝寂寞山堂里,独对炎晖看雪花。"

诗人外出还家,长途奔波之后,闲坐在寂寞山堂之上,在暖暖的阳光下面静静凝视碗盏中浮起的雪白乳花。诗中透露出一股浓浓的孤独感,情绪上很像北宋文学家王禹偁的一首《陆羽泉茶》:

> 甃石封苔百尺深，试茶尝味少知音。
> 唯余半夜泉中月，留得先生一片心。

深夜里，诗人坐在著名的陆羽泉边试茶，舌尖上品尝出来的那一脉茶香，与谁言说？夜色深沉，只有泉水中的一轮明月相伴。冥冥之中，诗人真切体会到茶圣陆羽那颗爱茶之心。

这样的试茶、尝茶，有时试的是自己没有喝过的茶，或者刚得到的新茶，有时试的是泉水、江水。尝试的结果不外几种：喝到好茶、好水，会惊喜、叹赏；喝到劣茶、庸水，会摇头皱眉；如果茶色、水质平平常常，毫无特色可言，主人也就沉吟不语。

归根到底，试茶其实试的是一种心情。

茶榜单

我官于南今几时，尝尽溪茶与山茗。

胸中似记故人面，口不能言心自省。

为君细说我未暇，试评其略差可听。

建溪所产虽不同，一一天与君子性。

森然可爱不可慢，骨清肉腻和且正。

雪花雨脚何足道，啜过始知真味永。

纵复苦硬终可录，汲黯少戆宽饶猛。

草茶无赖空有名，高者妖邪次顽懭。

体轻虽复强浮泛，性滞偏工呕酸冷。

其间绝品岂不佳，张禹纵贤非骨鲠。

葵花玉䯝不易致，道路幽险隔云岭。

谁知使者来自西，开缄磊落收百饼。

嗅香嚼味本非别，透纸自觉光炯炯。

粃糠团凤友小龙，奴隶日注臣双井。

收藏爱惜待佳客，不敢包裹钻权幸。

此诗有味君勿传，空使时人怒生瘿。

——苏轼《和钱安道寄惠建茶》

钱安道就是钱颛，字安道，常州无锡人。在做御史时，钱颛因为坚持原则而得罪王安石，被贬到秀州也就是嘉兴担任税监。当时他带着老母亲一同上任，家中极度清贫，需要借贷度日，但他"怡然无谪官之色"。苏轼担任杭州通判时，曾经前往润州也就是今天的镇江出差，路过秀州时与钱安道相见，苏轼有诗赞他"乌府先生铁作肝，霜风卷地不知寒"，所以当时人们又称他为"铁肝御史"。

钱颛派人送给苏轼一些建茶，并且赠诗，苏轼写下这首诗相和，表达谢意。宋代时，福建出产的建茶一般制成茶团、茶饼，欧阳修称之为腊茶，也被称为蜡茶、蜡面茶，在宋代最受推崇，其中的代表是北苑的贡茶。与之相对的是草茶，日铸、双井、阳羡等是其代表，都是品质极佳的好茶，但在宋代人的心目中终归不如建茶。

苏轼在诗中感叹，自己到南方做官多年，喝过不少种类的建茶和草茶，有些茶虽然叫不上名字，但喝到嘴里立刻就能尝出以前是否喝过。现在他根据自己的喜好，要给喝过的茶做一个评判，搞一个排行榜。

排在榜首的当然是建茶，茶色好，乳花洁白如雪，茶味清正，有君子的性情。有些建茶的口味稍嫌苦硬，却像汉代大臣汲黯、盖宽饶一样刚正、耿直，滋味隽永。相比之下，许多草茶就空有虚名，茶性妖邪，顽劣不堪。冲点时也勉强会有乳花出现，但喝到嘴里茶味滞涩，让人呕酸。当然也有个别极佳的草茶，却像东汉丞相张禹一样，贤明但缺少一点骨气。

现在钱颛派人辗转送来的一百多块茶饼，香气扑鼻，比贡品的龙团、凤团都好，与著名的小龙团不相上下。比起草茶中最有名的日注茶、双井茶，更是云泥之别。这么好的建茶，自己一定要好好珍藏，绝不会拿它去巴结权贵。

表面看起来，苏轼在诗中句句写茶，字字却有弦外之音，别具深意。在政治上，他和钱颛都属于保守派的阵营。所以在这首诗里，他从茶品引申出去，暗喻政治人物的人品：把建茶比为正人君子，为人清和纯正有骨气；把草茶比为小人，妖邪顽懒，体轻而缺少政治气节。

苏轼无意当中列出了一份茶榜单，做这种事的难度不小：第一，你要有丰富的阅历，品尝过各地不同的茶。第二，你要有品鉴的能力，具备卓越的诗才，能够精确描摹茶品的微妙韵致。第三，你要有表达的勇气，毕竟这是一件容易得罪人的事。所幸，这几条苏轼一样都不缺少，我们因此得见这一首题材别致的好诗。

苏轼预见自己的评判可能会引起争议，惹人生气，在诗的尾句特意强调："此诗有味君勿传，空使时人怒生瘿。"

果然，那两句"粃糠团凤友小龙，奴隶日注臣双井"，让喜欢日注茶、双井茶的朋友大为不满。到了南宋，有一位龙图阁学士名叫黄度，绍兴人，很喜欢本地的日铸茶。他给好朋友楼钥寄去一些日铸茶，并请他公正地评判，苏轼所谓的"妖邪""奴隶"等说法到底对不对，如果不对，请楼钥为日铸茶正名。楼钥劝他不必如此计较，并且引用苏轼自己的诗，为草茶正名。

苏轼的这首《和钱安道寄惠建茶》写在宋神宗熙宁六年（1073），当时他37岁，年轻气盛，锋芒毕露，直抒胸臆。如此直率的性格，后来给他惹来大祸，身陷"乌台诗案"，饱受折磨。

几年之后，苏轼前往密州做官，在一首《和蒋夔寄茶》中，他又谈到了茶，却不再刻薄挑剔，"我生百事常随缘，四方水陆无不便"，也不再分别茶品的高下,"人生所遇无不可,南北嗜好知谁贤。死生祸福久不择,更论甘苦争妍蚩"。显然,此时的苏轼已经达到人生的另一个境界。

后世的许多文人也像苏轼一样喜欢评判茶品,排列优劣。比如晚明的冯梦祯、高濂、袁宏道、谢肇淛、李日华等人。他们生活的时代相近、地域相近,对于当时各种名茶的评判却不尽相同,每个人都有自己的一份茶榜,很有意思。

冯梦祯认为,虎丘茶为天下第一好茶,精品岕茶第二,天池和龙井稍逊一筹,其他的茶都无法和这四种相提并论。高濂的看法与冯梦祯相类似,也认为虎丘茶、岕茶、天池、龙井比较好,但他特别强调真品,说明当时有许多假冒的名茶。而且高濂的视野非常开阔,认为剑南的石花,湖州的紫笋,峡州的碧涧、明月等都是好茶。但他不喜欢茶团、茶片,认为它们大失真味。

袁宏道却认为岕茶最好,以下依次是虎丘茶、天池茶、松萝茶和龙井茶。谢肇淛最推崇松萝茶,其后才是虎丘、罗岕、龙井、阳羡、天池,另外还有福建的武夷、清源、鼓山三种茶。李日华在《茶衡》中认为庙后岕茶应该排第一,虎丘第二,再次是龙井、天目、松萝、顾渚、天池等,另外,分水贡芽和小白岩茶也都是奇绝的好茶。

袁枚生活的年代比上述几位晚得多,他在《随园食单》中也对名茶有过一番比较。第一是武夷山顶的白茶,第二是雨前的龙井茶,第三是常州的阳羡茶,第四是湖南洞庭湖的君山茶,第五是六安的银针、毛尖等。

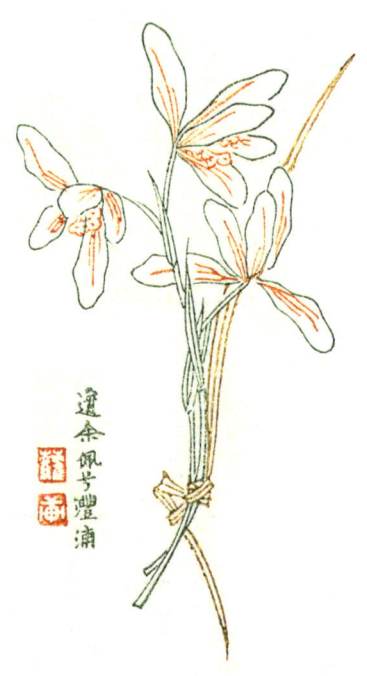

来试点茶三昧手

道人晓出南屏山,来试点茶三昧手。

忽惊午盏兔毛斑,打作春瓮鹅儿酒。

天台乳花世不见,玉川风腋今安有。

先生有意续茶经,会使老谦名不朽。

——苏轼《送南屏谦师》

某一年的初冬季节,苏轼前往杭州附近的寿星寺游玩,住在南屏山的一位僧人得到消息,拂晓时分就早早动身,赶来与苏轼相会。苏轼称这位僧人为谦师,据说他擅长点茶,技艺高超,不可言传,苏轼赞他是点茶三昧手。三昧是佛教用语,是佛教重要的修行方式,指消除杂念,把身、心、意集中为一点，引申为真谛。

宋代人点茶时最喜欢使用黑色的敞口茶盏，上面有黄色的兔毫斑纹，谦师用的也是这种茶盏。"忽惊"表现的是谦师拂打茶汤的动作快捷有力；"鹅儿酒"一句，杜甫写过"鹅儿黄似酒"的诗句，这里比喻茶汤嫩黄的颜色，嫩黄的茶汤表面的乳花非常漂亮。如此美妙的茶汤，苏轼连喝几盏，感叹谦师的手艺确实不俗，写下此诗相赠，戏称自己要续写《茶经》，帮助谦师传名后世。

关于宋朝的点茶过程，蔡襄在《茶录》当中讲得比较简洁：取一匙茶末，倒入茶盏，先加少量水调成均匀的糊状，再加水，同时使用竹筅快速击打茶汤。水量加到半盏左右为宜，而且一定要和茶量相适合，"茶少汤多则云脚散，汤少茶多则粥面聚"。

点出的茶汤应该是："面色鲜白，着盏无水痕为绝佳。"宋代人斗茶时，比试的也是茶汤表面的乳花是否持久，是否露出了水痕，"以水痕先者为负，耐久者为胜。故较胜负之说，曰相去一水两水"。

同样是点茶，宋徽宗赵佶在《大观茶论》中洋洋洒洒写了一大篇。身为皇帝的赵佶多才多艺，也是点茶、品茶的行家。他点茶的最初步骤和蔡襄差不多，先用少量熟水把茶末调成膏状，然后分七次注入熟水。第一次要让水从四面沿着茶盏落下，同时用茶筅搅动茶膏，手指和手腕上有一个旋转的动作,保证茶膏与水充分接触,上下透彻。这一步比较关键。此后还要分六次加水,每次加水多少、注水的位置,都有细致的说明。注水的同时,竹筅扫拂的轻重、节奏和手法,每次都有不同的讲究。而且整个步骤要一气呵成,中间不能停顿。

赵佶也谈到点茶失败的两种情况,一种是竹筅扫拂的力度不够,茶膏没能和水充分地融合,茶汤表面看不到漂亮的"粟文蟹眼",称之为"静面点"。这种情况下,继续加入熟水补救已经迟了,整个茶汤的色泽都不好。另一种正好相反,竹筅扫拂的力度大而生硬,使茶力尽发,茶汤表面形成了大量泡沫,乳花如云雾一样虚浮,但难以长久存在,很快破灭,露出水痕,称之为"一发点"。

赵佶的讲解足够细致,但多少给人一点炫技和故弄玄虚的感觉。

其实,影响点茶效果的因素很多,比如碾茶和罗茶是否足够细致,茶盏和竹筅的选择是否恰当,等等。最根本的还是茶芽本身的品质,《东溪试茶录》中就说:"芽择肥,乳则甘香而粥面着盏而不散。土瘠而芽短则云脚涣乱,去盏而易散。"

点茶所用的水也非常重要,尤其是烹水的火候很难掌握,水煮得太嫩或者太老,都会影响到点茶的最终效果。凡此种种,形成了许多技术的壁垒,使得点茶成为一种专门的手艺,宋代有人以此谋生,替人拂茶击茶，收入还不错。

一般来说，平时大家都要喝茶，自己亲自点茶或者看别人点茶，耳濡目染，天长日久，每个宋朝人都多少懂得一些点茶的技巧。从苏轼写过的煎茶、点茶的诗作来看，他在这方面绝不是外行，他的许多朋友虽然不像南屏谦师那样专业，但也能在大家聚会时亲自动手点茶，手艺还都不错。

宋哲宗元祐七年（1092），苏轼转任扬州知府，到任以后身体不适。朋友毛渐送他一些新茶，苏轼在端午节这一天请了一些朋友聚会，在扬州的石塔寺中一起碾试新茶，并写诗一首感谢毛渐。诗中这样描述当天烹茶的情景："禅窗丽午景，蜀井出冰雪。坐客皆可人，鼎器手自洁。金钗候汤眼，鱼蟹亦应诀。遂令色香味，一日备三绝。报君不虚受，知我非轻啜。"

揣测诗意，聚会时客人们是亲自动手点茶的，其中也包括女客人。有人清洗茶具，有人候汤烧水，各个环节十分规范，点好的茶汤也中规中矩，色香味俱佳。苏轼用这种共享的方式，证明自己非常看重毛渐的这一份礼物。

苏门四学士之一晁补之此时正好担任扬州通判，参加了这次聚会，也是亲手点茶的客人之一，事后写下一首《次韵苏翰林五日扬州石塔寺烹茶》,诗中也提到了那位擅长点茶的南屏谦师:"中和似此茗,受水不易节。轻尘散罗曲,乱乳发瓯雪。佳辰杂兰艾,共吊楚累洁。老谦三昧手,心得非口诀。谁知此间妙,我欲希超绝。持夸淮北士,汤饼供朝啜。"

晁补之称赞当天的茶好,茶性稳定,乳花洁白。当天正是端午节,茶香与艾香混合,茶烟袅袅,彩线悬吊,石塔寺里的气氛相当热烈。谈到点茶的技艺,晁补之认为单纯牢记口诀远远不够,只有像南屏谦师那样,得之于心才能应之于手,他希望自己也能达到甚至超过那种境界。

沸水鸣响话煎茶

蟹眼已过鱼眼生,飕飕欲作松风鸣。

蒙茸出磨细珠落,眩转绕瓯飞雪轻。

银瓶泻汤夸第二,未识古人煎水意。

君不见昔时李生好客手自煎,贵从活火发新泉。

又不见今时潞公煎茶学西蜀,定州花瓷琢红玉。

我今贫病长苦饥,分无玉碗捧蛾眉。

且学公家作茗饮,砖炉石铫行相随。

不用撑肠拄腹文字五千卷,但愿一瓯常及睡足日高时。

——苏轼《试院煎茶》

苏轼的这首诗写在宋神宗熙宁五年（1072），苏轼 36 岁，担任苏州通判，曾在科举考试中监试，期间亲自动手煎茶。

唐宋时流行饼茶、团茶，制备茶汤的过程因此比较复杂，包括碾茶、罗茶、候汤、熁盏、点茶等环节。这其中，公认最难把握的一个环节就是候汤，也就是我们一般理解的烧开水。所以苏轼开篇就讲蟹眼、鱼眼、松风，描写烹水时的形态和声响。

用"鱼眼"来形容受热之后水面上冒出的水花，是茶圣陆羽的发明，他在《茶经》中这样说："其沸，如鱼目，微有声，为一沸。"以下还有二沸和三沸："缘边如涌泉连珠，为二沸。腾波鼓浪，为三沸。"陆羽认为，三沸之后，水已经煮老，再用它点茶已经不合适了。

鱼眼之后，创造出来"蟹眼""鱼鳞""松雨"等烹水专用词汇的，应该是唐代的皮日休，他在《煮茶》一诗中对沸腾水面的描摹非常细致：

香泉一合乳，煎作连珠沸。

时看蟹目溅，乍见鱼鳞起。

声疑松带雨，饽恐生烟翠。

尚把沥中山，必无千日醉。

蔡襄在他的《茶录》中把蟹目换成了蟹眼："前世谓之蟹眼者，过熟汤也。"蟹的眼睛是向外突出的圆柱体，比鱼眼凸起更高，但更细一些。蔡襄认为，水面上出现蟹眼一样的波纹时，水已经煮过头了。

对照一下，陆羽所谓的第三沸大概就是蔡襄所说的蟹眼时刻。不过，《鹤林玉露》中分析，唐宋烹茶的方式不一样，唐代是把茶末放入茶瓶里与水一起煮，宋代是先煮水，再用它点茶。所以唐代在第二沸的时候就可以了，而宋代的水可以煮得稍老一些。

苏轼的观点和蔡襄差不多，认为鱼眼生出时最合适，蟹眼出现的话，水已经煮老了。从声音的角度来看，松风、涧水之声被黄庭坚描述为"汹汹乎如涧松之发清吹"，应该是与第三沸对应。

一般认为，水烹煮得嫩一些，冲点出来的茶水味道甘甜，如果太老，茶水会变得苦涩。这其实就是水温的问题，如果水煮得太老，可以离火放一放，让其温度降低一点，再去泡茶就可以了。

在这首诗中，苏轼把烧水的砖炉和石铫子带到贡院里，用银瓶装水，喝的是蒙山茶。茶末从石磨里纷纷落下，碗盏里乳花如雪。诗中提到的李生是唐代的贵公子李约，很喜欢喝茶。温庭筠在《采茶录》中讲过李约的故事，他不近粉黛，但精于茶道，总是亲自动手为客人烹茶。他曾经说过，新鲜的泉水最好，煮水要用有焰的炭火，也就是活火。

诗中的潞公是苏轼同时代的文彦博,他在煎茶时依然按照四川人的做法,把茶和水一起煎煮,并加入姜和盐,茶具使用定州的花瓷碗盏。苏轼最后感叹自己身体不好,营养不良,生活清贫,缺少红颜相伴,只好随身带着茶具到试院里来品茶消磨时间。自己最大的愿望不是积攒多少书卷,而是每天蒙头大睡到日上高竿,醒来后能随时享用一瓯好茶。

苏轼的弟弟苏辙看到这首诗,也写了一首《和子瞻煎茶》:

> 年来病懒百不堪,未废饮食求芳甘。
> 煎茶旧法出西蜀,水声火候犹能谙。
> 相传煎茶只煎水,茶性仍存偏有味。
> 君不见闽中茶品天下高,倾身事茶不知劳。
> 又不见北方俚人茗饮无不有,盐酪椒姜夸满口。
> 我今倦游思故乡,不学南方与北方。
> 铜铛得火蚯蚓叫,匙脚旋转秋萤光。
> 何时茅檐归去炙背读文字,遣儿折取枯竹女煎汤。

苏辙也是唐宋八大家之一,诗文上的成就均比哥哥苏轼逊色一些。在这首诗中,他延续苏轼的思路,主要讨论煎茶的问题。

苏氏兄弟都是四川眉州人,四川传统的煎茶方法是茶与水同煮,并加入调味料。苏轼就曾经说过:"唐人煎茶用姜,故薛能诗云:盐损添常戒,姜宜着更夸。据此则又有用盐者矣。近世有用此二物者辄大笑之,然茶之中等者,若用姜煎,信佳也,盐则不可。"

他在诗中又曾经说:"老妻稚子不知爱,一半已入姜盐煎。"家里人不懂得建茶的珍贵,加入姜和盐一起煮。在另一首长诗《寄周安孺茶》中,苏轼说他自己也在学习蜀人的煎茶方法:"如今老且懒,细事百不欲。美恶两俱忘,谁能强追逐。姜盐拌白土,稍稍从吾蜀。"

但苏辙认为,茶中加入姜、盐与水一起煮,是北方俗人的做法,太过粗糙。相比之下,福建人在茶事方面做得更精细、更合理,他们往往不辞辛劳,煮水之后点茶,更能保持茶性与茶味。最后苏辙感慨自己渐入老境,对南方、北方的煎茶方法都不感兴趣,只想告老还乡,坐在自家的屋檐下面读书、晒太阳,让儿子拣来树枝、生起炉火,让女儿守在炉边候汤,听铜壶里沸水鸣响,看碗盏中乳花浮漾。

从来佳茗似佳人

仙山灵草湿行云,洗遍香肌粉未匀。

明月来投玉川子,清风吹破武林春。

要知玉雪心肠好,不是膏油首面新。

戏作小诗君一笑,从来佳茗似佳人。

——苏轼《次韵曹辅寄壑源试焙新芽》

一位名叫曹辅的朋友寄给苏轼一些新焙制的壑源茶,并附诗一首。苏轼依韵写出这一首诗,夸赞这些壑源茶的品质极佳,碾出的茶末洁白如雪。最难得的一点,这些茶饼没有像市面上流行的那样,在表面涂抹太多的膏油。最后苏轼感叹,许多制茶者不注重茶团本身的质量,只在表面下功夫,就像妇人在脸上涂脂抹粉一样。

北宋人推崇建茶,而福建北苑出品的团茶品质最好,成为皇家专享的贡品茶,市面上根本买不到。距离北苑两里处,有一个叫作壑源的地方,与北苑山水相连,茶叶生长的环境非常相似,茶农焙制茶团的工艺也完全一样,所以壑源茶的品质和北苑的贡品茶不相上下。但壑源茶属于私焙,可以在市面上自由流通,十分抢手,"春雷一惊,筠笼才起,售者已担簦挈囊于其门,或先期而散留金钱,或茶才入笪而争酬所直,故壑源之茶常不足客所求"。

也因此,苏轼得到朋友寄赠的壑源茶,喜道:"明月来投玉川子,清风吹破武林春。"苏轼的好朋友黄庭坚也很喜欢壑源茶,在一首《谢王烟之惠茶》中说自己爱喝建茶,"平生心赏建溪春,一丘风味极可人"。黄庭坚的地位不高,不能像欧阳修、蔡襄等人那样经常得到贡品茶,偶尔得到一点儿官焙的建茶,也是往年的陈茶,他因此感叹"官焙龙文常食陈"。许多时候,能喝到朋友送的私焙壑源茶就很满足了,他如此夸赞这种茶的好处:"香包解尽宝带胯,黑面碾出明窗尘。"

北苑附近还有一个地方名叫沙溪,距离北苑大约十里,这里的茶质就比壑源茶差了许多,但在当时也很有名气。壑源茶大受追捧,自然价格极高,售价大约比沙溪茶高出一倍。当地人看到了其中的商机,"阴取沙溪茶黄,杂就家卷而制之……或杂以松黄,饰其首面",用沙溪茶冒充壑源茶。这里说的"杂以松黄,饰其首面",就是在沙溪茶团的外观上做手脚,使它看起来和壑源茶完全一样,也就是苏轼在诗中说的"膏油首面新"之意。

弄清楚这些造假的门道,我们也就明白了黄庭坚开过的这一句玩笑:"于公岁取壑源足,勿遣沙溪来乱真。"我有了壑源茶,不需要你们再用沙溪茶来骗我了。

那么,如何才能分辨出好茶、劣茶,分清楚哪是壑源茶、哪是沙溪茶呢?

黄儒在《品茶要录》中专门论述了这一点,认为沙溪茶"肉理怯薄,体轻而色黄,试时虽鲜白不能久泛,香薄而味短",而壑源茶"肉理实厚,体坚而色紫,试时泛盏凝久,香滑而味长"。

问题在于,宋代加工团茶、饼茶的过程中,会在外面涂上一层油膏。蔡襄在《茶录》中专门谈到茶色,谈到茶饼表层的膏油,膏油有不同的颜色,在它的遮盖之下看不清楚茶饼的本体,很难分辨茶饼的品质:"而饼茶多以珍膏油其面,故有青、黄、紫、黑之异。"只有经验丰富的人,才能从茶饼的重量和密度上判断优劣,"善别茶者,正如相工之视人气色也,隐然察之于内,以肉理实润者为上"。

一般认为,茶饼碾成茶末后,以青白色为贵重,"黄白者受水昏重,青白者受水详明"。黄庭坚夸赞壑源茶"黑面碾出明窗尘",茶饼的表面是黑色的,碾出的茶末却极明洁,呈现青白颜色。所以,外行人只有在茶饼碾成茶末时,才能辨别清楚茶饼的优劣,但已经晚了。

南宋诗人陆游就曾经遇到过假冒茶。有一次他在镇江的丹阳楼喝茶,东道主是当地一位姓蔡的太守,蔡太守亲自动手为陆游点茶,而且手艺极好,可惜茶质太差。在座的一位建宁人谈到了建茶造假的手段,就是在制作茶饼时添加一些米粉、山药,或者一种植物的嫩芽,给茶团增加重量,外行人根本看不出来。这种掺假的茶饼在气味上差了许多,而且很容易变质。

如何用这种掺假的劣茶冒充好茶,牟取暴利?宋代的奸商会在茶饼表层的油膏上费心思,仔细修饰,卖一个好价钱。苏轼是洒脱之人,从来直抒胸臆,把这种勾当比成女人改善容颜的化妆术,戏称"从来佳茗似佳人"。但他的这句诗经常被人误解,省略了其中关键的化妆术,直接把茶比成了女人。

晚明的文人许次纾在他的《茶疏》当中,也从另一个角度入手,拿女性与茶相类比。他认为,第一泡的茶汤滋味鲜美浓郁,芬芳之中略带苦涩,"为婷婷袅袅十三余"的少女。第二泡的茶汤滋味甘醇绵和,

"为碧玉破瓜年"的熟女。第三泡的茶汤就是子女成行的妇人,"绿叶成阴矣"。

许次纾的比喻有些道理,但太过具体,几乎被人遗忘。反而是苏轼模棱两可的比喻广泛流传,人人都说佳茗似佳人。

茶贵新水贵活

活水还须活火烹,自临钓石取深清。

大瓢贮月归春瓮,小杓分江入夜瓶。

茶雨已翻煎处脚,松风忽作泻时声。

枯肠未易禁三碗,坐数荒城长短更。

——苏轼《汲江煎茶》

这是苏轼老年时的一首茶诗,诗人自己到江边的石头上,舀取清澈的江水,装入水瓶中,再把大水瓮装满,以备煎茶之用。南宋文学家杨万里最推崇这首诗,认为"一篇之中句句皆奇,一句之中字字皆奇",杨万里甚至从"自临钓石取深清"一句中分析出来五层意思。

古人一向强调煎茶之水，最好取用流动的泉水或者江水，即所谓的活水。煮水要用有焰的炭火，即所谓的活火。看起来玄妙，其实有它的道理——活水新鲜不腐，活火温度比较高，可以快速催水沸腾。

沸腾的汤水在水瓶中发出松风一样的响声。苏轼老而漂泊，自觉肠胃枯涩，喝不了三碗茶汤。漫漫长夜难以入眠，诗人独自枯坐在暗处，细数荒城的报更之声。

烹茶用的水，可以是山泉水、江河之水、井水、湖水、雨水、雪水等。陆羽认为，"山水上，江水中，井水下"，他所谓的山水，指的是山间泉水，或者缓慢流动的石池之水。

宋代茶艺大师宋徽宗赵佶的观点稍有不同，他认为清洁的山泉水最好，井水第二，前提是经常有人在这水井里取水，如果水井已经多年不用，里面的井水近乎死水，不可用，而江河之水最脏最差。赵佶给出一个评定好水的标准："水以清轻甘洁为美。"强调清、轻、甘、洁四个字，简单而且朴素。贵为皇帝的赵佶反而不像暴发的穷措大一样，一味地推崇什么中泠水、惠泉水。

苏轼是有口福的人，在茶事上见多识广，既喝过贵为御赐贡品的密云龙，也尝过名不见经传的焦坑茶；各地的名水比如惠山泉、虎跑泉、谷帘水、西湖周围各处名泉、巴陵名水、岭南甘泉等，他都亲口品尝过。

曾经沧海，他反而对烹茶之水没有了特别的挑剔，有好水就喝好水，没有好水，随便一点雨水、井水也都可以。

关于井水，苏轼提到过一种"井华水"，就是在春分、秋分、夏至、冬至这几天的特定时辰，从井中取水，用恰当的方法存放七天之后，水中会生出一种絮状微生物——如水母样的一大团。道士称其为"水中金"，据说可以用它炼制养生的丹药。

苏轼还曾经在庭院中摆放容器收集雨水，用来泼茶煮茶，"所得甘滑不可名"，印象很不错，认为"美而有益"。也有人喜欢用雪水烹茶，比如南宋的陆游有诗写道："雪山水作中泠味，蒙顶茶如正焙香。"在另一首《雪后煎茶》中，陆游也用到了雪水："雪液清甘涨井泉，自携茶灶就烹煎。"

明代文震亨的观点和苏轼差不多，把雨水称为天泉，认为秋天的雨水质量最好，"白而冽"。梅雨季节的雨水"白而甘"，质量次之。春天的雨水胜过冬天的，夏天的雨水最差。文震亨也喜欢雪水，但不像陆游那样直接取用，而是先贮存一段时间，不然水中会有土腥气。

苏轼曾经有一位名叫杜沂的朋友，游览武昌时发现西山顶上有一眼白泉，名为菩萨泉，杜沂品尝之后认为不比惠山泉逊色，可惜没有陆羽一样的名人帮助它扬名。这位朋友送给苏轼一些菩萨泉水，希望借助他的文字为它扬名，苏轼品尝之后写诗回应："寒泉比吉士，清浊在其源。不食我心恻，于泉非所患。"

在他看来，一眼泉水的好坏，在其根源。泉水也罢，井水也罢，我们夸它、贬它、喝它、弃它，对它本身其实毫无意义。

在茶和水的问题上，和苏轼同时代的唐庚认为："茶不问团铤，要之贵新；水不问江井，要之贵活。"这里所说的"活"，如果简单理解为流动，那么所有的井水、湖水都不足取用了。

晚明文学家李日华对于湖水最有心得，认为湖水来源丰富，汇聚了许多条溪流，汇聚了雨雪霜露，"取精多而味自足"，要比河水和许多井水好得多。李日华专门准备了几只大石缸，用来贮存西湖之水，使其接受日月星辰之气，遇到风雨之日，才把石缸遮盖一下。用这些湖水烹茶，"甘淳有味"，感觉不比惠泉水逊色。

李日华是收藏大家，精于鉴赏，有足够的财力，他最喜欢的还是惠泉水，曾经出面约集大家一起出资运输惠泉水。但他也常喝别的水，并有自己独到的体会。比如他认为，静止的河水中没有杂质，流动的河水新而活，没有淹腐之气。他一般会选择在远离河岸和船只的河流中取水，于水瓮中沉淀一昼夜再用，"其胜井泉数倍也"。

茶和水不可分离，在水的问题上，综观历代著述，唐朝是订立标准的时代，陆羽提纲挈领地指出如何衡量水的品质，张又新进一步列举出两份具体的水榜，引出一个千年争论不休的话题。宋代的好事者基本是在唐人划定的范畴之内尝试、验证。到了明清两朝，品茶者的视野更为广阔，偶尔也会有一点新发现，但都不是革命性的。

急遣溪童碾玉尘

要及新香碾一杯,不应传宝到云来。

碎身粉骨方余味,莫厌声喧万壑雷。

——黄庭坚《奉同六舅尚书咏茶·碾》

这是黄庭坚的《奉同六舅尚书咏茶·碾》,原诗三首,分别讲到碾茶、煎茶和烹茶。借这一首诗,我们来谈谈唐宋时期饮茶的一个重要环节,就是碾茶。

最早人们饮茶,是直接把茶叶放进容器里,加水来煮。后来感觉这样无法穷尽茶的滋味,就把茶叶、茶梗一起放在茶臼当中捣烂,再用水煮。唐代文学家柳宗元曾有"日午独觉无余声,山童隔竹敲茶臼"之句,常为后世的茶诗借用。

茶饼、茶团出现以后,人们放弃了茶臼,改用茶碾、茶磨来把茶饼磨成细末,就如苏轼在一首《次韵黄夷仲茶磨》中所总结的:"前人初用茗饮时,煮之无问叶与骨。浸穷厥味臼始用,复计其初碾方出。"

把茶团、茶饼用茶磨碾成细末,再用细罗筛过,这样处理过的茶末异常微细,能够更好、更充分地与水融合,泡出的茶汤更好喝,表面形成的乳花更美观。也因此,碾茶这个环节有许多的讲究,蔡襄在《茶录》中是这样说的:"先以净纸密裹捶碎,然后熟碾。其大要:旋碾则色白,或经宿,则色已昏矣。"

就是碾茶之后要立刻加水冲点,得到的茶汤颜色、香气最好,如果茶末放置的时间太长,就会氧化,茶汤的色泽变暗,口味也大有损失。黄庭坚在诗中强调的"新香"也就是这个意思,碾茶、点茶要一气呵成,不可拖延。而且茶末碾得越细越好,要有足够的耐心,也要忍受茶碾运转时那讨厌的噪音。

关于碾茶,黄庭坚还写过一首《催公静碾茶》:

> 雪里过门多恶客,春阴只恼有情人。
> 睡魔正仰茶料理,急遣溪童碾玉尘。

黄庭坚这里所说的"恶客",是指不喝酒的人。这样的朋友登门,就需要主人备茶。茶能醒脑,驱走睡魔,前提是这茶必须碾得够细致,白如玉尘,细如轻烟。

在饮茶这个问题上,黄庭坚在诗文中给人留下两点最深的印象:一是大力推广家乡的双井茶,二是特别强调饮茶当中的碾茶环节。黄庭坚经常把双井茶作为礼物送给朋友,并在书信当中不厌其烦地提示朋友如何碾茶,仔细介绍应该注意的细节。

黄庭坚曾经给朋友寄去一点双井茶,随信说明要用"耒阳茶硙……更熟碾数百,点自浮花泛乳,可喜也"。在另一封信中他又交代:"尽筛去白毛,并简去茶子,乃硙之,则茶色味皆胜也。"

在给一位朋友的信中,他这样说:"但不知有佳石硙否?石硙须洗,令无他茶气,风日极干之。芽子以疏布净揉,去白毛,乃入硙,少下而急转,如旋风落雪,方得所。"

按理说,大家平时都喝茶、碾茶,对这种事再熟悉不过,实在没有必要如此交代。也许黄庭坚真正在意的还是双井茶,唯恐对方在哪个环节操作不当,泡出的茶汤不理想,损坏了双井茶的名声。也说明黄庭坚对于饮茶的品质是非常挑剔的。

要想把茶末碾得够细,首先要有好的茶碾、茶磨。北宋时制作茶磨、茶碾的材料主要有石料、银和生铁。铜质的茶磨容易生锈，金质的茶磨富贵漂亮，但质地太软，所以一般不用。

宋代最常用的是石磨。江西省赣州一带的石头，如角质一般微微透明，非常好看，而且石质坚硬，密度高，最适合制作茶磨。其中最上等的称"掌中金"，据说石料中带有漂亮的红色脉线。心灵手巧的石匠可以用一块完整的石头分割出磨盘、磨轮，看起来浑然一体，异常精美，既是实用工具，又是可供观赏的艺术品。当然，这样的茶磨是当时的名品，售价高昂。

黄庭坚最钟爱的茶磨，是用湖南耒阳出产的一种汉白玉石制成的，他曾为一个茶磨写过这样的铭文："楚官散尽燕雪飞，江湖归梦从此机。"

关于宋代茶碾的制式，宋徽宗赵佶在《大观茶论》中强调，茶碾的碾槽一定要"深而峻"，碾轮一定要"锐而薄"，这样的茶碾才好用，而且碾茶的时候，"必力而速，不欲久，恐铁之害色"。不要拖泥带水，以防止茶末沾染上铁腥气。

碾过、磨过的茶末，还要用细罗反复筛过。宋徽宗赵佶认为，茶罗一定要足够细密，罗面一定要绷紧，这样才好用。罗茶的时候要不厌其烦，筛出的粗末可以再碾、再罗，才不会浪费好茶。

罗过的茶末"入汤轻泛，粥面光凝，尽茶之色"，这样的效果，也就是黄庭坚在另一首诗中所写的,"乳粥琼糜雾脚回,色香味触映根来。睡魔有耳不及掩,直拂绳床过疾雷"。细腻的茶末与茶汤充分交融,"色香味触映根来",让眼、耳、鼻、舌、身、意这六根都能体会到茶汤、茶色的美妙之处。

  主人如此精益求精,却苦了那些碾茶、罗茶的童仆们。在一幅南宋的《煮茶图》上大致能看到当时备茶的场面,两个童子躲在屏风后面忙碌,一个守在炉边烧水,另一个"伛背运碾,绿尘满巾",忙着碾茶筛茶。最终冲点而成的那一碗茶汤,究竟能不能让挑剔的主人满意,两个童子的心里实在没有底。

雨露均沾

矞云从龙小苍璧,元丰至今人未识。
壑源包贡第一春,缃奁碾香供玉食。
睿思殿东金井栏,甘露荐碗天开颜。
桥山事严庀百局,补衮诸公省中宿。
中人传赐夜未央,雨露恩光照宫烛。
右丞似是李元礼,好事风流有泾渭。
肯怜天禄校书郎,亲敕家庭遣分似。
春风饱识大官羊,不惯腐儒汤饼肠。
搜搅十年灯火读,令我胸中书传香。
已戒应门老马走,客来问字莫载酒。

——黄庭坚《谢送碾壑源拣芽》

深绿的玉璧上带着龙纹和云纹，包装精美，属于宋神宗元丰年间的北苑贡品春茶，诗人黄庭坚还是第一次见到。如此珍贵的贡品茶，皇帝在睿思殿上品尝之后，大为赞赏。

诗中的"桥山"指的是宋神宗的陵墓，"事严"指丧事紧急。宋神宗驾崩时，丧事任务繁杂，大臣们日夜忙碌，夜里就在中书省休息。大家每天要忙到黎明时分，宋哲宗派宫中的太监送来珍贵的贡品茶，分赐给忙碌的大臣们。倜傥风流、交际广泛的尚书右丞李清臣这一次也得到了皇帝的恩赏，他可怜黄庭坚这个校书郎，派家人分给他一份贡品茶。

黄庭坚说，这些贡品茶从来都是高官享用，这一次终于流入穷酸文人的肚肠中。甘辛的茶香让他文思如涌，搜搅起胸中积累多年的书卷。他吩咐看门的仆人，以后再有客人前来求他写字，一定要送茶致谢，不必送酒。

黄庭坚的这首诗写得洒脱风趣，显示他第一次喝到贡品茶的喜悦。宋代极品的贡茶每年的数量很有限，非常珍贵，除了皇帝和后宫、勋贵们享用，有时候也分给一些亲近的高阶大臣。比如宋仁宗时代刚刚造出小龙团，仁宗曾经把两个小龙团仔细分割成八块，分给中书省和枢密院的八位高官，大家视为传家之宝，经常拿出来给客人显摆，说这是皇帝赏赐的极品小龙团，根本舍不得喝。欧阳修身居高位二十年，也只得到过宋仁宗赏赐的一个完整的小龙团,当然也不会喝,他常常捧玩,缅怀逝去的宋仁宗,泪流满面。

宋仁宗比较崇尚节俭,在他之后,贡品茶也经过多次迭代、演进,从小龙团一路发展为密云龙、瑞云翔龙等,贡茶的数量也更多,皇帝自然也更大方一些。所以李清臣得到赏赐的贡品茶也不像欧阳修一样视为珍宝,除了自己品尝,还能分给黄庭坚一些,而且他送的是新出的一种拣芽贡茶。

黄庭坚品尝之后,激动地在朋友圈里狂呼:不得了了,我刚刚喝到了贡品拣芽!这就像今天第一次吃到龙虾的朋友一样兴奋,一样大肆张扬,惊动了他的好朋友晁补之,晁补之立刻提笔写出一首《次韵鲁直谢李右丞送茶》:

都城米贵斗论璧,长饥茗碗无从识。
道和何暇索槟榔,惭愧云龙羞肉食。
壑源万亩不作栏,上春伐鼓惊山颜。
题封进御官有局,夜行初不更驿宿。
冰融太液俱未知,寒食新苞随赐烛。
建安一水去两水,易较岂如泾与渭。

> 右丞分送天上余,我试比方良有似。
> 月团清润珍羔羊,葵花琐细胃与肠。
> 可怜赋罢群玉晚,宁忆睡余双井香。
> 大胜胶西苏太守,茶汤不美夸薄酒。

先解释一下什么叫次韵。古人最喜欢写诗,喜怒哀乐时写诗,飞黄腾达时写诗,落魄消沉时写诗,穷极无聊时也写诗。或者看到朋友写了诗,自己有所感触,也要唱和。《历代诗话》中说,这种和诗一般分为次韵、依韵和用韵三种。其中次韵最为严格,要按照原诗的韵字和用韵的次序。依韵只要同在一韵就可以,相对自由一些。最为自由的是用韵,可以根据需要改变次序。

次韵诗很难写,要受到对方韵脚的严格限制,必须刻意雕琢,这就限制了表达的自由与流畅。尤其是篇幅比较长的时候,就更难处理,"或长篇中一二险字,势难强押,不得不于数句前预为之地,迂回迁就,以致文义乖违,虽老手有时不免"。

晁补之在诗中嘲笑黄庭坚生活清贫,普通茶都喝不起,却向朋友索要贡品茶。每年春天婺源的茶农抓紧采焙贡品茶,日夜兼程送进皇宫,皇帝拿来与亲近的大臣分享。这茶果然不同凡响,茶汤不见水痕。李清臣把它分送朋友,让大家雨露均沾。黄庭坚作诗赞美贡茶,难道忘了自己故乡的双井茶?和黄庭坚比起来,在胶西做官的苏轼更可怜,喝不到好茶,只能赞美薄酒。

黄庭坚看过晁补之的诗之后,把喝剩的半块贡品茶饼和一块小龙团一起送给晁补之,而且诗兴大发,用自己原来的诗韵再作一首《以小团龙及半挺赠无咎并诗用前韵为戏》:

我持玄圭与苍璧,以暗投人渠不识。

城南穷巷有佳人,不索宾郎常晏食。

赤铜茗碗雨斑斑,银粟翻光解破颜。

上有龙文下棋局,担囊赠君诺已宿。

此物已是元丰春,先皇圣功调玉烛。

晁子胸中开典礼,平生自期莘与渭。

故用浇君磊块胸,莫令鬓毛雪相似。

曲几团蒲听煮汤,煎成车声绕羊肠。

鸡苏胡麻留渴羌,不应乱我官焙香。

肥如瓠壶鼻雷吼,幸君饮此勿饮酒。

诗中黄庭坚和晁补之大开玩笑，说：我拿出如圭如璧的贡品茶饼送给某人，这家伙竟然不识货。这位老兄住在城南的陋巷里，宁可自己饿肚子也不向别人求援。我的贡品茶表面带有龙纹，下面有篾席的方格纹，我信守诺言，连包装一起送给老兄，你一定要拿出最好的茶具来烹点，这可是先皇宋神宗元丰年间的贡品茶。老兄满腹经纶，自视甚高，这精美的贡茶正好浇去你胸中的郁闷，减少你的白发。你就安坐在蒲团上，倚靠在桌边，聆听烹水的鸣响。记住，喝茶时千万别吃乱七八糟的东西，那样容易混淆了茶香的纯正。你这个死胖子喝醉以后鼻息如雷，喝这好茶的同时千万别喝酒了。

黄庭坚完全依照自己上一首诗的韵脚，写成全新的一首诗，难度极大，但他一气呵成，诗句跳荡自由，用典恰当，全无生硬与造作之气。此后晁补之又作了一首次韵诗，完全就是硬作了。有比较才有鉴别，虽然同属"苏门四杰"，单论诗才，黄庭坚绝对要甩开晁补之一大截。人们赞他是宋诗第一，看来绝非虚妄。

茶香绕竹炉

君向星江结草庐,我来抵掌笑相呼。

三杯碧液涨瓷盏,一缕青烟缠竹炉。

剑舞春风花烂熳,琴弹夜雨竹萧疏。

明朝拄杖知何处,猿叫千山月满湖。

——葛长庚《别李仁甫》

葛长庚是南宋著名诗人、道士,字白叟,别号白玉蟾,宋宁宗封他为紫清真人,居住在武夷山,有《道德宝章》存世。诗题中提到的李仁甫就是李焘,《续资治通鉴长编》的作者。

春天里,李焘在江边结庐而居,葛长庚前去拜访。二人用竹制的茶

炉烹水煎茶，在花中舞剑，灯下弹琴，玩得十分洒脱。葛长庚不愧是著名的道士，很普通的一首诗也被他写出了一股飘逸的仙气。

茶与竹都生长在南方，二者是天然的盟友，许多茶具比如茶笼、茶碾、茶罗、茶匙、茶筅等，都可以用竹子来制作。葛长庚和李焘用来烧水的茶炉也是竹制的，这就有些不可思议了——竹子是可燃之物，燃点也不高，而炭火在竹茶炉中燃烧时的温度很高，能把泉水烧开，竹茶炉却安然无恙，不太清楚这其中有什么诀窍。很可能是竹茶炉的内壁有隔热的设计，或者使用了某种隔热材料，不管是什么，都不简单。

南宋诗人杜耒生活的年代比葛长庚稍晚，在一首《寒夜》中也写到了竹茶炉，说明这种东西在南宋时非常普遍：

寒夜客来茶当酒，竹炉汤沸火初红。

寻常一样窗前月，才有梅花便不同。

到了明代，竹茶炉的制法几近失传，它也成了稀罕之物。明初有一位僧人制作了一只竹茶炉，"编竹为炉，制雅而韵"，诗人王绂看过之后大为赞赏，为僧人画了一幅山水画，又写了一首《题真上人竹茶炉》：

> 僧馆高闲事事幽，竹编茶灶淪清流。
>
> 气蒸阳羡三春雨，声带湘江两岸秋。
>
> 玉臼夜敲苍雪冷，翠瓯晴引碧云稠。
>
> 禅翁托此重开社，若个知心是赵州。

王绂的诗和画让这只竹茶炉闻名于世，后来它被保存在无锡惠山的听松庵里。成化十五年（1479），吴宽曾经到无锡拜访秦廷韶等朋友，大家一起游览惠山。身为太守的秦廷韶邀请大家到听松庵，吴宽亲眼看到了那只竹茶炉，"炉有瓦杓，亦旧物也"。此时距离王绂的时代已经过去了六七十年，那只竹茶炉已经老旧，但还能用。吴宽拿出一些新茶，请庵里的僧人用这只竹茶炉煮茶试一试，"火始燃而汤已沸。又炉内圬土甚薄而外不燥，可异"。

从吴宽的描述来看，这只竹炉烧水的速度特别快，说明它的设计非常合理，燃料燃烧得很充分，而且热能被迅速传导到水瓶上，将水快速烧开。最奇特的是，竹炉的外侧并没有特别燥热，也就不会烧坏了竹制的炉壁。这其中的窍门恐怕就在竹炉内膛那薄薄的一层圬土上面，它应该有很好的隔温效果。

事后，吴宽为这只竹炉专门写了一首《游惠山入听松庵观竹茶炉》：

> 与客来尝第二泉，山僧休怪急相煎。
> 结庵正在松风里，裹茗还从谷雨前。
> 玉碗酒香挥且去，石床苔厚醒犹眠。
> 百年重试筠炉火，古杓争怜更瓦全。

吴宽带着一些雨前茶，和朋友们来到无锡的听松庵，用百年前的竹茶炉烹试惠山泉，这本身就是一个奇迹。与吴宽同时代的邵宝是无锡人，当然也熟悉这只竹茶炉，曾经有诗赞道："老僧妙思禅机外，烧尽山泉竹未枯。"大赞它的玄妙设计。

从《六研斋笔记》的记载来看，到了万历年间，这只竹茶炉到底还是朽坏了。一个名叫盛虞的无锡人仿照它的制式，新造出来两只同样的竹茶炉，其中一只送给他北京的一位叔叔，在当时的北京城中引起一阵轰动。

明朝人特别钟爱竹茶炉，把它称为苦节君，资深的嗜茶者都想方设法给自己弄一只，一般用湘竹制成，似乎用它煎熟的泉水才有品味。到了清朝，仍然有人努力仿制这种古雅的竹茶炉。或许，他们真正追求的是清玩中包含的那一种难以言说的韵致。

谁共分茶

世味年来薄似纱，谁令骑马客京华。

小楼一夜听春雨，深巷明朝卖杏花。

矮纸斜行闲作草，晴窗细乳戏分茶。

素衣莫起风尘叹，犹及清明可到家。

——陆游《临安春雨初霁》

  这应该是陆游早年游宦南宋京城临安时的作品，诗人独自在外，深切感受到世事艰难、人情淡薄。一夜细雨霏霏，杏花洒落，雨后晴好，诗人愁苦无聊，在纸上信笔涂抹，与朋友坐在明亮的窗前品茶。

  晴窗细乳戏分茶，春雨之后，窗纸明洁，细细的水流落入不同的碗盏当中，茶乳浮泛，一个人置身如此情境之中，很难有真正的愁苦。从诗句中看不出此时的陆游是愁是喜，或者他仅仅有一些说不清道不明的惆怅。要想摆脱这一份混沌的情绪其实并不难，只要一个简单的转身，很快就能回到绍兴的老家去，但诗人似乎不甘心这样。

宋代人冲茶、点茶的方法和今天不一样，先要把茶饼细碾成末，用茶匙放入茶盏当中，再用汤瓶向茶盏中注入熟水，而且不能一次性注满，同时要用竹筅扫打茶汤，也就是点茶。如果不是一个人在喝茶，就要多次重复这一套动作，所以用到一个"分"字。饮茶者比较多的时候，点茶者要同时给多个茶盏加入茶末、注水、扫茶，往复轮回，又要照顾水温，不能间隔太久，这就需要双手的动作灵活、快捷、准确，很不容易。

和陆游同时代的杨万里专门写过一首《澹庵坐上观显上人分茶》，有"分茶何似煎茶好，煎茶不似分茶巧"二句，强调分茶的巧妙手段。诗中如此描述这个过程："纷如擘絮行太空，影落寒江能万变。银瓶首下仍尻高，注汤作字势嫖姚。"

"擘"指分开、劈开，"尻"指水瓶的底部，"嫖姚"指矫捷、强健。水瓶倾斜，热腾腾的熟水从瓶口流出来，落在茶盏中的茶末上，如同拂开空中飘扬的飞絮，如同江面上流动变幻的云影。灵巧的分茶人甚至能控制细细的水流，在茶汤表面快速写出文字。

年轻的陆游在临安的春天里分茶,感受到的一切都像新绿的茶芽一样鲜嫩可爱,美好的心情如雨后晴窗一样明洁鲜亮,带着新茶的芬芳。同样的季节,相似的心境,苏轼在一首《望江南》中也有过精彩的表达:

春未老,风细柳斜斜。试上超然台上看,半壕春水一城花。烟雨暗千家。

寒食后,酒醒却咨嗟。休对故人思故国,且将新火试新茶。诗酒趁年华。

"且将新火试新茶",古代在寒食节有禁火的习俗,寒食之后重新生火,也就是换火之意。春天里烟雨蒙蒙,风轻细,柳丝长。寒食前后,正是品尝春茶的大好时节,这种时候不要思乡,不要纵酒,吃茶要紧。

"诗酒趁年华",品茶也要趁年华,及时享乐的思想适用于许多事情,当然也包括品茶——同样的事情在年轻和年老时做,感觉大不一样。比如陆游步入老年之后写过四首《幽居初夏》,其中一首是这样的:

湖山胜处放翁家,槐柳阴中野径斜。

水满有时观下鹭,草深无处不鸣蛙。

> 箨龙已过头番笋，木笔犹开第一花。
>
> 叹息老来交旧尽，睡余谁共午瓯茶。

"箨"是竹子和竹笋外面的皮。木笔就是辛夷，也即玉兰花。诗中充满了初夏的生动意象，飞花、清池、乳燕、绿槐，一切充满生机。时光大好，老年的陆游像白居易一样，"食罢一觉睡，起来两瓯茶"。最让人失落的是，午睡醒来之后，手捧一杯热茶，才发现一路走来，自己身边的朋友们已经逐渐走散，在这美好的夏日午后，无人来陪自己喝茶。

在同题的另一首诗中，有类似的一句"推枕起来闲弄笔，铜蟾手自挹寒泉"。初夏季节品茶、弄泉，周围的一切也鲜亮、翠绿，却没有了年轻时代的轻盈、鲜嫩和明快，甚至没有了年轻时做作的惆怅，老年的落寞惆怅却是真实的、苦楚的，难以掩饰。

同样是老年，同样是夏日饮茶，明代书画家文徵明就比陆游洒脱得多，一首《新夏》里有暖风、香草、绿荫，有光透帘栊，有梁上新燕，当然也有茶香：

> 暖风庭院草生香，晴日帘栊燕子忙。
>
> 白发不嫌春事去，绿阴自喜夏堂凉。

闲心对酒从时换,老倦抛书觉昼长。

客有相过同一笑,竹炉吹火试旗枪。

文徵明已经满头白发,却无伤感怀旧之情,春去不恋,夏来欢喜。可以把盏消磨,也可以读书发呆。当然,最惬意的还是与老朋友一起守着竹茶炉,相对尝茶。

谷帘试水忆西游

> 苍爪初惊鹰脱韝,得汤已见玉花浮。
>
> 睡魔何止避三舍,欢伯直知输一筹。
>
> 日铸焙香怀旧隐,谷帘试水忆西游。
>
> 银瓶铜碾俱官样,恨欠纤纤为捧瓯。
>
> ——陆游《试茶》

陆游,字务观,号放翁,越州山阴(今浙江绍兴)人,因为惹怒了宋孝宗,被贬为夔州通判。乾道六年(1170)的闰五月,陆游从绍兴出发,乘船前往夔州,漫长旅途的经历被他写进《入蜀记》一书。

从诗中那一句"谷帘试水忆西游"来看,这首诗写在他从四川归来之后。诗中的"韝"是戴在手臂上的一种皮套,古代人驯养雄鹰帮助打猎,猎人会把雄鹰架在手臂或者肩头上,为了防止被鹰爪抓伤,要在这些部位戴上皮制的护套。"欢伯"是酒的别名。

在这里,陆游用苍鹰的脚爪来形容日铸茶。日铸属于草茶,陆游却按照宋代人惯常的办法,碾成茶末之后冲点,很像黄庭坚喝双井茶的办法。

陆游用谷帘水冲点日铸茶,美妙的茶汤赛过美酒,驱走了睡魔。茶韵袅袅,陆游回忆起昔日的朋友,回想当年长途奔波入蜀的时光。往事如烟如幻,眼前的银瓶、铜碾却是那样真实。诗人忽然生出一份惆怅:眼前缺少一个倩丽佳人,用一双纤纤玉手为自己捧瓯递茶。

诗中所说的谷帘水是古代名水。唐代张又新在著名的《煎茶水记》中列举他心目当中的七种好水,依次是扬子江南零水、无锡惠山寺石泉水、苏州虎丘寺石泉水、丹阳县观音寺水、扬州大明寺水、吴松江水,最后是淮水。当然张又新也承认,还有许多地方的泉水也都毫不逊色。

张又新又以陆羽的名义,列出另一份水榜,惠山泉水仍然排在第二位,第一名却是"庐山康王谷水帘水",也就是通常所说的谷帘水。不过,翻看陆羽的《茶经》,并没有具体谈论各地泉水的优劣,只笼统地说"山水上,江水中,井水下"。

因为张又新的宣扬，谷帘水在宋代很受推崇。苏轼曾经总结人生当中的快意之事，其中一件就是用"庐山康王谷水烹曾坑斗品"。他所说的曾坑斗品茶不在我们这篇文章讨论之列，苏轼应该喝过不少好水，又是言行豁达之人，他能特意把谷帘水拎出来说事，说明这种水给他的印象极好。

有朋友曾经送给苏轼一瓶谷帘水和两枚龙团，并附诗相赠，苏轼写诗回赠，说"此水此茶俱第一"，似乎并没有太用心。后来苏轼不知从哪里得到一些谷帘水，送给一个名叫王胜之的朋友，并写了一阕《西江月·送茶并谷帘水与王胜之》：

> 龙焙今年绝品，谷帘自古珍泉。雪芽双井散神仙。苗裔来从北苑。　汤发云腴酽白，盏浮花乳轻圆。人间谁敢更争妍。斗取红窗粉面。

苏轼把当年新出的贡品茶和谷帘水送给王胜之，又在词中夸赞茶汤白腴，浮花轻圆，胜过红窗上露出的佳人的粉脸。有意思的是，黄庭坚也写过一阕《西江月》，也提到了谷帘水和头纲的贡品茶，似乎是因循苏轼的那首词，但二者之间究竟有何关联，不太清楚：

龙焙头纲春早，谷帘第一泉香。已醺浮蚁嫩鹅黄。想见翻成雪浪。　兔褐金丝宝碗，松风蟹眼新汤。无因更发次公狂。甘露来从仙掌。

但在谷帘水的问题上，黄庭坚似乎认为它与盛名不符，有过"竟陵谷帘定误书"的怀疑。其中的原因，一是他大概感觉谷帘水的水质一般，担不起天下第一的美名；二是他可能认为陆羽在《茶经》中根本没提及谷帘水，怀疑张又新在乱讲。

谷帘水在庐山的深山当中，路径幽深难行，真正到过那里的人并不多。按照宋代《庐山记》的说法，进山二十里才到达康王谷的景德观，沿着谷涧向上游再走五里，有一处龙泉院，再走二十里，才会看到山间"有水帘飞泉破岩而下"，水帘一共有几十个支脉，这便是所谓的谷帘水。

据此看来，虽然谷帘水名列水榜第一，却不是陆羽所说的乳泉，也不能算是"石池漫流"，更像是"瀑涌湍漱"，陆羽认为这种水"久食令人有颈疾"。从这一点来看，黄庭坚的质疑是有根据的。

谷帘水的位置太偏僻，陆游当年前往四川，路过庐山时，并没有前往谷帘水的所在地。当时已经是初秋季节，山外仍然酷热难当，山中却很冷,甚至需要围炉取暖。朋友史志道送给陆游几瓶谷帘水,陆游品尝之后认为"甘腴清冷,具备众美",确实是绝品,超过了惠泉水,配得上天下第一水的名号。当然,这是陆游自己的看法。

陆游入川时,随身携带了两种茶,一种是他家乡绍兴的特产日铸茶,也写作日注茶。这些茶装在小瓶当中,用蜡纸密封,纸上印有红印,十分精致。另一种是顾渚茶,包装也很讲究,装在红蓝两色的绢囊当中。

陆游路过峡州的三游洞,这里的水曾经得到许多名人的品题,陆游也要试一试,取水烹试日铸茶,写成一首《三游洞前岩下小潭水甚奇,取以煎茶》:

苔径芒鞋滑不妨,潭边聊得据胡床。

岩空倒看峰峦影,涧远中含药草香。

汲取满瓶牛乳白,分流触石佩声长。

囊中日铸传天下,不是名泉不合尝。

三游洞的水是岩石下的潭水,性质和谷帘水差不多,与真正的山泉水还是不太一样的。陆游看中的是它的名气,才拿出日铸茶来试验,诗中也没写烹茶的效果。

有一次陆游路过四川的武连县，当地的一处寺院中有两眼泉，水质寒冽甘甜，据说当年唐僖宗逃到四川避难，路上患病，喝过这里的泉水之后病就好了，于是赐名"报国灵泉"。陆游当然也要试验一下灵泉，拿出身边的两种茶，尝过之后写诗三首，其中一首是这样的：

我是江南桑苎家，汲泉闲品故园茶。
只应碧缶苍鹰爪，可压红囊白雪芽。

品尝之后，陆游认为还是装在小瓶里的日铸茶稍胜一筹，比顾渚茶更好一些。

寒夜煮茶

老夫不得寐，无奈更漏长。

霜痕月影与雪色，为我庭户增辉光。

直庐数椽少邻并，苦空寂寞如僧房。

萧条厨传无长物，地炉爇火烹茶汤。

初如清波露蟹眼，次若轻车转羊肠。

须臾腾波鼓浪不可遏，展开雀舌浮甘香。

一瓯啜罢尘虑净，顿觉唇吻皆清凉。

胸中虽无文字五千卷，新诗亦足追晚唐。

玉川子，贫更狂。

书生本无富贵相，得意何必夸膏粱。

——于谦《寒夜煮茶歌》

于谦是浙江钱塘人，明代永乐十九年（1421）的进士，在江西、山西、河南等地做过官，升任兵部侍郎。土木之变中，御驾亲征的明英宗被俘。于谦挺身而出挽救国家危局，升任兵部尚书并取得北京保卫战的胜利。景泰八年（1457）正月，夺门政变发生，于谦被诬谋逆，惨遭酷刑而死，"死之日，阴霾四合，天下冤之"。后来于谦的冤案被平反，追谥"肃愍"。

于谦为人刚直清廉，中正无私，身为兵部尚书同时总督军务，责任重大，夜里常常要在朝中值宿，这首诗就写在寒冬值宿的夜晚。

寒冷而漫长的隆冬夜晚，月光与屋檐上霜雪的辉光交相映射，照进门窗。直庐的房屋里地方狭小，布置简陋，如同清贫冷清的僧房。在这里值宿的诗人难以入睡，饥肠辘辘。可是厨间找不到可食之物，可消永夜的只有一盏热乎乎的清茶。

于谦是江南人，有着近乎天然的茶癖，如果是在自己家中，他可以"分付家童添活火，莫教断却煮茶烟"。但置身在简陋的直庐当中，一切只能自己动手，在地炉上烧水烹茶。清波之上蟹眼涌动，水纹盘旋，如轻车在羊肠小径上疾行，然后腾波鼓浪，汹涌而上。

熟水倒入碗盏之中，茶芽舒展如雀舌。一盏喝下去，甘香而有韵致，一切的焦躁与忧虑荡然无存，口舌之间一派清凉。诗人感觉神清气爽，灵思妙动，胸中虽然没有卢仝的五千卷诗书，但洋溢的诗情毫不逊色。

卢仝清贫却不失诗人的狂放之气，读书人就应该这样，不必膏粱美味，只要一盏清茶便可以志得意满。

于谦的这首诗明显受到唐宋茶诗的影响，尤其是苏轼那一首《试院煎茶》，二者都是在官署当中烹茶，消磨无聊时光。苏轼在诗中感叹自己的贫病和疾苦，惋惜身边缺少红颜相伴，却不像《寒夜煮茶歌》这样给人以压抑、凄怆之感。

在于谦的另一首《直庐岁暮》中，也能看到茶的影子，也一样让人感觉到沉郁："直庐萧索度残年，静夜焚香思悄然。市远不知沽酒价，庭空惟见煮茶烟。"

于谦的许多诗都带着这种铅灰色调的气质，与他悲惨的人生结局相契合。于谦晚年时，国家形势严峻，外敌虎视眈眈，国家内部暗流涌动。于谦深知自己责任重大，经常住在直庐当中，不敢回家。《明史·于谦传》中说他患有痰疾，仍然不肯好好休息。明代宗很关心他，派身边的太监前去问候，发现于谦的衣衫、被褥都很单薄，伙食也不好，就命令大家为于谦妥善安排生活。明代宗甚至亲自到万岁山上砍竹子，截取其中的沥汁赐给于谦。当然，竹沥汁有医疗的功效，不是给于谦煎茶用的。

同样是在北京的紫禁城，同样是在寒冬长夜里煎茶，三百年后清代的乾隆皇帝也像于谦一样，写过一首《冬夜煎茶》：

清夜迢迢星耿耿，银檠明灭兰膏冷。
更深何物可浇书，不用香醅用苦茗。
建城杂进土贡茶，一一有味须自领。
就中武夷品最佳，气味清和兼骨鲠。
葵花玉镑旧标名，接笋峰头发新颖。
灯前手擘小龙团，磊落更觉光炯炯。
水递无劳待六一，汲取阶前清澪井。
阿童火候不深谙，自焚竹枝烹石鼎。
蟹眼鱼眼次第过，松风欲作还有顷。
定州花瓷浸芳绿，细啜慢饮心自省。
清香至味本天然，咀嚼回甘趣逾永。
坡翁品题七字工，汲黯少戆宽饶猛。
饮罢长歌逸兴豪，举首窗前月移影。

这首诗中也可以看到许多前代茶诗的影子，特别是苏轼的《和钱安道寄惠建茶》。清代宫廷之中可以享受的贡品茶种类繁多，这个寒冬夜晚，乾隆皇帝选的是武夷茶，产自接笋峰，茶盏用的是定州的花瓷碗。而烹茶的水就是阶前的井水，这一点很令人疑惑。

北京的许多井水都是咸的，甜井水不多，所以明清的宫廷里一直饮用北京玉泉山的水。康熙皇帝和乾隆皇帝都曾经品评过玉泉山水，祖孙二人都认为这种水品质极佳，但各自的依据完全相反——康熙皇帝认为水的品质越好，分量越重；乾隆皇帝却认为越好的水，分量越轻。

乾隆皇帝曾经下令制造一件银斗，仔细称量各地的名水，并写出一篇《玉泉山天下第一泉记》。他认为，玉泉山的水最轻，与它相近的是承德的伊逊河水、济南的珍珠泉水，而著名的扬子江金山水和惠山泉水都更重一些。

当然，也有一种水比玉泉水轻，那就是天降的雪水。乾隆皇帝自然也要试一试雪水烹茶的效果，"呼僮藉席为收取，满贮瓷缸水甘洌。晚来活火事煎烹，一瓯香乳看清绝"。

乾隆皇帝身居深宫，珠环翠绕，冬夜里闲烹武夷茶，闲试雪水，品第高下，把自己的思绪记录下来，连缀成诗，以为谈资。比起于谦的《寒夜煮茶歌》，稍显矫情和做作，缺少一点真性情，也或者，他的真性情本来就是这样。

阳羡茶事

> 试茶曾忆廿年前,抱瓮倾来味宛然。
> 踏雪故穿东涧屐,迎风遥附太湖船。
> 题诗寥落怀诸友,悟道分明见老禅。
> 自愧无能为水记,遍将名品与人传。
>
> ——吴宽《谢吴东涧惠悟道泉》

吴宽是苏州长洲人,自号匏庵,成化八年(1472)的状元,授翰林修撰,做过明孝宗、明武宗的老师,礼部尚书,七十岁时死在任上,谥号文定。吴宽行为高洁中正,诗文有典则,书法极佳,为一时文坛领袖。当时有不少名人出于他的门下,比如文徵明。

成化十五年（1479）的初春，吴宽和朋友一起游览太湖中的东洞庭山，住在秀才吴鸣翰的家中。第二天大家一起踏雪前往翠峰禅寺，寺中有一眼悟道泉，水质甘美，大家题诗而去。二十年以后，吴秀才的弟弟吴承翰又送给吴宽一大瓮悟道泉水，品一品还是当年的滋味。吴宽写下此诗致谢，而当年同游洞庭山的朋友们都已经去世。吴宽喝着悟道泉水，在诗中怀念老友，体悟禅机。他认为泉水品质极佳，值得向世人推广。

明代著名画家沈周看过吴宽的这首诗，也和诗一首，其中有"借取白云朝暮瓮，载兼明月夜同船。小分东涧聊知味，大吸西江亦喻禅"。沈周是吴宽的好朋友，两个人曾经一起游览虎丘，亲手采茶煎尝，均自称是有茶癖的人。沈周还为吴宽画过一幅《虎丘对茶坐雨图》，应该就是他们同游虎丘的写照。

吴宽有一个弟弟名叫吴原辉，死得比较早，留下一个儿子名叫吴奕。吴奕字嗣业，精于书法，风格类似吴宽。吴奕比伯父吴宽更爱喝茶，"尤精茗事"，自号"茶香居士"，家里有一处松泉斋，他经常取用洞庭东山中的悟道泉之水，用一种紫竹炉烹水，相当雅致。

吴奕曾经给叔叔送来一些泉水，吴宽为此写诗一首，即《侄奕勺泉烹茶，风味甚胜》：

> 碧瓮泉清初入夜，铜炉火暖自生春。
> 具区舟楫来何远，阳羡旗枪瀹更新。
> 妙理勿传醒酒客，佳名谁与坐禅人。
> 洛阳城里多车马，却笑卢仝半饮尘。

吴奕用船载来一些好水，装在碧绿的水坛当中。诗中没有明确说明是哪里的泉水，但从吴奕一贯的喜好来看，应该是悟道泉水。吴宽生起铜炉烹水，用它点试阳羡茶。悟道泉和阳羡茶都是名品，二者地域相近，性理相通，加上烹试得法，结果自然佳妙。吴宽感慨自己身居闹市，平时却很难享受到这些妙品。

阳羡茶的产地是常州，距离苏州不远。早在唐朝时阳羡茶就成为贡品茶，宋元时期一度被冷落，明朝时再度走红，其中的精品就是岕茶。冒襄评价其"味老香深，具芝兰、金石之性"。陈贞慧评价庙后岕茶"色香味三淡"，甘入喉、静入心、清入骨，简直就是神品。袁枚评价阳羡茶为"深碧色，形如雀舌，又如巨米"，滋味比龙井茶稍浓一些。

吴宽也写过一首《饮阳羡茶》：

> 今年阳羡山中品，此日倾来始满瓯。

> 谷雨向前知苦雨,麦秋以后欲迎秋。
>
> 莫夸酒醴清还浊,试看旗枪沉载浮。
>
> 自得山人传妙诀,一时风味压南州。

诗里所说的山人,名叫吴大本,宜兴人,曾经向吴宽传授过煎茶的妙诀。明代人主要喝的是散茶,没有了碾茶、罗茶、点茶、拂茶这些环节,剩下的只有候汤、燲盏、投茶次序之类,可以传授的妙诀大概也在这些方面。揣测"谷雨向前知苦雨,麦秋以后欲迎秋"两句,吴宽大概是说谷雨之前、麦秋之后的阳羡茶的滋味更好。

吴宽用来冲泡阳羡茶的水不只有悟道泉。他是苏州人,距离无锡和常州都不远,很容易做到惠山泉与阳羡茶的搭配。他写过一首《谢冯副郎送惠山泉》的长诗,表示收到泉水的时候,手边正好有新到的阳羡茶,立刻烹试,"二物偶相值,活火仍荧荧。蟹眼泡渐起,羊阳车可听。煎烹既如法,倾泻散兰馨。连饮渴顿解,更使尘目醒"。

吴宽仍然强调要煎烹如法,惠泉水才能很好地激发出阳羡茶的兰馨之气。他的学生文徵明写过一首《煮茶》,也是用惠山泉与阳羡茶搭配:

> 绢封阳羡月,瓦缶惠山泉。

> 至味心难忘，闲情手自煎。
>
> 地炉残雪后，禅榻晚风前。
>
> 为问贫陶榖，何如病玉川。

雪后的冬季傍晚，文徵明守在温暖的地炉旁，自己动手煎茶。水是惠山泉水，配的却是阳羡茶团，令人疑惑。五代的陶榖曾经写过"烹雪风流只自娱"，文徵明因此认为，陶榖和卢仝的潇洒都值得自己学习。

吴宽还写过一首《爱茶歌》，诗句浅白：

> 汤翁爱茶如爱酒，不数三升并五斗。
>
> 先春堂开无长物，只将茶灶连茶臼。
>
> 堂中无事长煮茶，终日茶杯不离口。
>
> 当筵侍立惟茶童，入门来谒惟茶友。
>
> 谢茶有诗学卢仝，煎茶有赋拟黄九。
>
> 茶经续编不借人，茶谱补遗将脱手。
>
> 平生种茶不办租，山下茶园知几亩。
>
> 世人可向茶乡游，此中亦有无何有。

这首诗是吴宽写的一件行书挂幅，落款是"匏庵吴宽书"。诗中提到的先春堂是一处宋代的建筑，位置在武康县县衙的西边，古代属于湖州，距离苏州不太远，当地有名的是紫笋茶。

显然，吴宽的这首诗是写给别人的一件书法作品。诗中的主人汤翁嗜好饮茶，家中堂舍宽敞，里里外外的一切都与茶有关：茶灶、茶臼、茶杯、茶童、茶友等。汤翁也喜欢摆弄文字，写有茶诗、茶赋，亲自续写《茶经》，增补茶谱。最难得的是，汤翁拥有大片的茶园，自己经营，一切亲力亲为。汤翁从吴宽这里求到这首诗和这件书法，除附庸风雅之外，大概也是在为自己的茶园做广告。

古寺茶香

泉斋爱泉如爱玉,每向名山观未足。

长言世味无此真,俗客浪夸鱼我欲。

匡庐瀑布故有名,几回坐饮龙池清。

不知泉亦我知否,我独与泉如结盟。

兹行未暇登山寺,远汲双瓶解焦思。

老僧闻我送茶来,笑揖山灵谢珍赐。

剩携阳羡新春芽,夜烹落尽青灯花。

吾泉在惠久能味,岂以异好成遗遐。

相将一碗复一碗,此味天教吾辈管。

明朝西望双虹垂,放笔大书湖水满。

——邵宝《开先僧送泉水》

邵宝是江苏无锡人，明宪宗成化年间进士，自号二泉，做过江西提学副使、南京礼部尚书等。邵宝的家乡无锡是惠山泉的所在，他有天然的便利，可以方便地享用惠山泉，"二泉"之号由此而来。

邵宝在无锡城东南筑有一处容春精舍，其中藏书万余卷。邵宝把这个书房命名为"泉斋"，堂舍和书斋的匾额都请他的老师李东阳书写。

自号二泉，书斋也以泉命名，可见邵宝的爱泉之心。每到一处名山，他一定要品尝一下当地的名泉，拿来与他心爱的惠山泉相比较。庐山的泉水很有名，勾起邵宝的好奇，几次前来尝试。庐山有一处水潭名为龙池，上面有两条瀑布，此前邵宝已经品尝过龙池水，感觉自己是龙池的知音和盟友，还曾经为龙池写过一篇《观泉赋》。

这一次来庐山，邵宝没有时间上山，只想派人上山取两瓶龙池水，并送给山上的开先寺僧人一点阳羡茶。结果寺里的僧人亲自把泉水给邵宝送来，与他对坐在灯下，用龙池泉水烹试阳羡新茶。龙池之水很美好，但邵宝认为自己的最爱始终是惠山泉，不会因为龙池水而忘却惠山泉。

大家一碗接一碗豪饮，在邵宝看来，开先寺的僧人守着如此美泉，如同自己守着惠山泉一样，都属于天意。龙池上的两道瀑布如同天上垂挂的彩虹，自己真应该为这瀑布和泉水大书特书。

邵宝很喜欢与僧人交往，这在他的诗文中可以找到许多佐证。他写过一首《慧山寺次姚少师韵》,诗中有茶有泉,空灵而有禅意:"十年酬远兴,秋晚寺门开。山色空中落,泉声起处来。草香寻异品,树老问初栽。欲为茶神酹,还将酒一杯。"

惠山有一处听松庵,附近就是邵宝家族的墓地,庵中有一处松风阁,正德年间邵宝曾经出资修葺。后来邵宝多次来到松风阁,僧人陪他在阁中饮茶,在一首《重登松风阁》中他写道:"高阁我来三纪外,老僧谁起百年前。茶垆夜湿昙花雨,画壁春销劫火烟。"

古代的寺庙大多建在深山之中,远离俗世,清静而充满野趣,是古代文人最喜欢去的地方,许多古人甚至长期住在寺中读书、静养。此外,寺院周围多有佳泉好水,僧人在佛事之外也种茶、焙茶,许多人是此中高手。也因此,文人与僧人坐到一起时,可以谈佛、谈禅、谈诗文,更可以像邵宝这样,与僧人烹泉品茗。

在这方面,历代文人留下了大量诗文,比如南唐进士成彦雄写过一首短小的《煎茶》,煎茶的地点就在寺庙当中:

岳寺春深睡起时,虎跑泉畔思迟迟。
蜀茶倩个云僧碾,自拾枯松三四枝。

诗中提到的山中寺庙，应该是杭州西南大慈山中的定慧禅寺，著名的虎跑泉就在寺中，所以定慧寺俗称虎跑寺，这里也是我们熟悉的济公的圆寂之处。

杭州是龙井茶的产地，但南唐时人们还不知道龙井茶为何物，所以成彦雄带到定慧寺的是当时流行的蜀茶，属于饼茶，需要庙里的僧人帮助他碾茶，烹茶所用之水大概就是虎跑泉水，诗人自己拣来一些枯枝，升火煮水。

按照陆羽在《茶经》中的说法，烹水最好的燃料是洁净的木炭，因为炭火才算活火。其次是桑木、槐木或者桐木等，而"膏木败器"就不合适，因为会有"劳薪之味"。所谓的"膏木败器"是指含油量比较大或者已经朽烂的木材。成彦雄拣来的枯干的松树枝，含油量大而且已经枯朽，有很好的可燃性，却属于陆羽排斥的那种燃料。当然，在这个问题上，陆羽的说法其实有待商榷。

北宋文学家张耒也曾有在一处荒凉的古寺当中饮茶的经历，他是在旅途当中看到寺庙，进去借宿休息，打来寒冽的泉水冲洗掉满身的汗水和疲惫。寺里的僧人挑来蔬菜，替他准备饭菜，童子忙着烹水煎茶。吃过饭，饮过茶，诗人张耒倒头大睡，整个过程写进一首《宿柳子观音寺》中，读来别有一种自然的野趣：

黄尘满道客衣穿，古寺荒凉暂息肩。

倦体卧来便稳榻，汗颜濯去快寒泉。

野僧治饭挑蔬至，童子携茶对客煎。

夜久月高风铎响，木鱼呼觉五更眠。

张耒到此古寺，不是来寻幽、探古、读书，也不是为了名泉与名茶。一切都是不期而遇，陌生的寺院，陌生的僧人，陌生的泉水，诗人熟悉的只有碗盏中的茶香，疲惫的旅途之中，它让人安心。

花香拌茶韵

> 绝域花来本自珍，露芽江水亦新分。
>
> 香浮石鼎沉沉缕，清映冰壶细细纹。
>
> 静听几回翻白雪，徐看一碗簇春云。
>
> 风生剩有卢仝赋，未许山翁席上闻。
>
> ——徐阶《试茉莉茶，时有郑三守之招不赴》

这首诗写的是比较特别的茉莉茶，属于花茶的一种。制作花茶的主要原料是成品的绿茶，外加气味芬芳的鲜花，比如桂花、茉莉花等。其依据是茶叶本身的一个重要特性——非常容易沾染周围的气味，染上之后很难去掉。

很早就有人尝试把花香加入茶汤之中，比如元代著名画家倪瓒发明过一种荷花茶：选择即将绽放的荷花花蕾，早晨日出之时，剥开花蕾，在其中填满茶叶，再用麻绳扎紧花蕾。经过一昼夜之后摘下花蕾，取出茶叶，用纸包裹晒干，再装入另一只花蕾。如此重复三次，最后把茶叶收入锡罐之中收藏，此时荷花的香气与茶的香气完全混合。当然，这样的方法只适用于花蕾比较大的荷花。

朱元璋的儿子——宁王朱权写过一本《茶谱》，记载了许多明初的茶事，其中提到一种"㸃茶"，就是在冲泡茶叶的环节加入花香之气，选用梅花、桂花或者茉莉花这一类香气浓烈的花蕾，"可将蓓蕾数枚投于瓯内罨之，少倾，其花自开。瓯未至唇，香气盈鼻矣"。罨的意思是覆盖。这种方法只能算是在茶汤中加入了花香，不是真正意义的花茶。

朱权又介绍了一种熏香茶法，使用任何一种香气宜人的鲜花花蕾："以纸糊竹笼两隔，上层置茶，下层置花。宜密封固，经宿开换旧花，如此数日，其茶自有香气可爱。"这个就比较靠谱。此外，也可以用龙脑香来熏茶，但只能算是香茶，不是花茶了。

倪瓒和朱权的方法只适合少量制作，如果想成规模制作花茶，必须对茶叶和花蕾进行严格的处理。

在徐阶的这首诗中，他使用的是茉莉花，在石鼎之中与茶叶混合，

类似朱权所说的熏香茶法，冲泡的结果可以想见。

徐阶是明松江华亭（今上海市松江区）人，嘉靖进士，官至礼部尚书、内阁大学士。为了尝试这些茉莉花茶，徐阶错过了朋友郑三守的聚会邀约，诗中看不出任何的遗憾。可见，在徐阶眼中，茶盏中袅袅的花香、茶香比聚会更有趣。

比徐阶更早的成化年间，学者储巏写有《次韵谢武靖伯惠茉莉茶二首》，也都提到了茉莉花茶。其一为：

> 采采江南茉莉花，移根多在列侯家。
> 清时幕府浑无事，羽扇纶巾自煮茶。

其二为：

> 茉莉香浮碧碗新，枪旗犹带建安春。
> 何人更汲中泠水，来饷松厅病暑人。

储巏是泰州人，做过户部右侍郎，工于诗文。送给他茉莉茶的武靖伯名叫赵辅，凤阳人，是一员武将，诗中没有提及他制作茉莉茶的具体方法。储罐在诗中自称病暑人,如此看来他很适合喝一点茉莉花茶,因为茉莉花本身就有药用价值,可以清郁解毒。

明代的《竹屿山房杂部》中也介绍了几种制作花茶的方法。一种是熏花茶,使用特制的一种锡盒,在底层装入茶末。上一层的底部留有许多筷子头大小的眼洞,洞上铺衬一层薄纸,把晒干的香花放在纸上。把整个盒子密封一段时间之后,打开来,按照同样的方法换一些花。如此重复两次,最终制成花茶。所选的香花没有特殊的要求,只要带有自己喜欢的香气即可,但一定要把花晒干,不然会让茶叶坏掉,这是最关键的一点。

这种方法适合大批量制作花茶。如果只是现制现喝的少量花茶,可以用一个简单的方法:取一个干净的小瓷盒,装入茶叶末,按压结实,用筷子在茶叶中间插出十几个洞,每个洞中装入一个花蕾,再用茶叶末把洞填满,用纸封口一夜即可冲泡,花香扑鼻。

有一位名叫刘士亨的明朝人,身世不详,得到朋友赠送的桂花茶,写了一首《谢璘上人惠桂花茶》,表达谢意:

金粟金芽出焙篝,鹤边小试兔丝瓯。

叶含雷信三春雨,花带天香八月秋。

味美绝胜阳羡产,神清疑在广寒游。

玉川句好无才续,我欲逃禅问赵州。

诗人认为,桂花茶的品质远远胜过阳羡茶,让他神清气爽,如同遨游月宫。当然这是他一家之言。桂花正常开放的时间是金秋八月,而普通绿茶多产在春夏,中间就存在时间的差异。如果把上等的绿茶,放到秋天桂花开放再制作花茶,就有些可惜了。所以高濂在《遵生八笺》中特别强调,要用普通的绿茶来制作花茶,为茶叶添加一些花香,"人有好以花拌茶者,此用平等细茶拌之,庶茶味不减,花香盈颊,终不脱俗"。如果是上等的好茶,自身就带有天然的香韵,再掺入香花,就是画蛇添足、暴殄天物了。

高濂认为,适合制作花茶的鲜花有桂花、茉莉、玫瑰、蔷薇、兰蕙、橘花、栀子、木香、梅花等。摘花的时机很重要,"诸花开时,摘其半含半放、蕊之香气全者,量其茶叶多少,摘花为拌"。不过,有些花的香气太冲,比如栀子花等,喧宾夺主,制成花茶的效果并不好。

花蕾与茶叶之间的比例最好是一比三,即三斤茶中加入一斤花蕾,"花多则太香而脱茶韵,花少则不香而不尽美"。具体的制法是取一个大小合适的瓷罐,铺一层花蕾,上面盖一层茶,再铺一层花蕾,如此交错,最后用纸和竹叶封口。在进大锅中加水烧热,把瓷罐放到汤中煮过,取出冷却,用纸封裹住瓷罐,放在火上焙干即可。

到了清代,花茶的饮用更为普及,尤其是在北方。不过,想要兼得茶香与花香,不一定非要把花蕾置于茶盏当中,比如江苏巡抚宋荦在一首诗中写道:"土定盘中堆茉莉,汉铜壶内浸荷花。垂帘静对郭熙画,散发频倾阳羡茶。"品茶的同时闻一闻花香,其实也是一种享受。

龙井泉畔龙井茶

西湖之西开龙井,烟霞近接南峰岭。

飞流蜜汩写幽壑,石磴纡曲片云冷。

挂杖寻源到上方,松枝半落澄潭静。

铜瓶试取烹新茶,涛起龙团沸谷芽。

中顶无须忧兽迹,湖州岂惧涸金沙。

漫道白芽双井嫩,未必红泥方印嘉。

世人品茶未尝见,但说天池与阳羡。

岂知新茗煮新泉,团黄分浏浮瓯面。

二枪浪白附三蓇,一串应输钱五万。

——于若瀛《龙井茶》

于若瀛是山东济宁人,万历年间进士,做过凤阳推官、陕西巡抚等。在这首诗中,他从龙井泉入手,写到龙井新茶。

西湖的西边、南峰的高岭之上,自古便有一眼龙井泉,泉水顺着幽深的沟壑流淌,于若瀛踩着曲折的石磴一路向上,拄杖寻找泉水的源头。白云之间,松枝半落,一潭幽静的清水呈现眼前。这里不必担忧野兽出没,也不必担心泉水枯竭。用铜瓶取来龙井泉水,煮沸之后冲泡本地的新茶。茶香芳冽,以后别再提什么白芽茶、双井茶,也别再说什么天池茶、阳羡茶。那些茶虽然包装精美、名气响亮,但都比不上龙井茶,只可惜世人大多没有品尝过它。最难得的是,用新鲜的龙井泉水冲点新焙的龙井茶,茶芽浮在水面上,枪旗并有,茶汤黄绿,如此龙井茶价值连城。

于若瀛把龙井的泉水和茶放在一起写,很高明,也很符合茶理。《煎茶水记》中引用陆羽的说法,认为"茶烹于所产处无不佳也,盖水土之宜,离其处水功其半"。意思是说,用茶品产地的水来煎这种茶,风味最佳,效果最好。换一种说法就是:出产好茶的地方,往往会有最适合它的好水。

龙井的泉和茶也是如此。龙井也称为"龙泓",最早人们提到这个名字,指的是当地的泉水。当年苏轼在杭州做官时就发现西湖周围有一些好泉水,比如六一泉"白而甘",智果院的泉水"甘冷异常"。他的学生秦观还到过龙井泉，在泉边的亭中小憩，"酌泉，据石而饮"，周围"草木深郁，流水止激悲鸣，殆非人间之境"。后来他写了一篇《龙井记》，对龙井泉的历史进行了细致的梳理。明代嘉靖年间的田汝成在《西湖游览志》中也说龙井的泉水"寒碧异常……幽僻清奥，杳出尘寰，岫壑萦回"。

但是，杭州的茶在唐宋时期并不入流，最早夸赞龙井茶的是元代的虞集，他在一首《次韵邓善之游山中》里写到了龙井和龙井茶："澄公爱客至，取水挹幽窦。坐我薝卜中，余香不闻嗅。但见瓢中清，翠影落群岫。烹煎黄金芽，不取谷雨后。同来二三子，三咽不忍嗽。"

诗人和几个朋友游览龙井，山中的澄公打来龙井泉水，泉水异常清澈，倒映着山林的翠影。客人们坐到薝卜花丛之下，花香扑鼻。大家喝的是谷雨前的龙井茶，茶汤黄碧，茶香清异，大家小口细咽，舍不得大口啜饮。

即使在明朝，于若瀛也不是第一个为龙井茶写诗的人，早在成化、弘治年间，吴宽就写过一首《谢朱懋恭同年寄龙井茶》：

谏议书来印不斜，忽惊入手是春芽。

惜无一斛虎丘水，煮尽二斤龙井茶。

> 顾渚品高知已退，建溪名重恐难加。
> 饮余为比公清苦，风味依然在齿牙。

朱懋恭是福建邵武人，和吴宽一样在成化八年（1472）考中进士，所以称为同年。他在浙江做过按察使和布政使，大概就在这期间寄给了吴宽两斤龙井茶。寄茶本身就说明，朱懋恭自己认为龙井茶非常好，拿得出手。吴宽仔细品尝，认为龙井茶的韵味绝不输顾渚茶，也不输福建的那些名茶。而且饮过之后，龙井茶的清苦芳甘久久留在唇齿之间。吴宽最大的遗憾是身边没有虎丘泉之类的好水，辜负了这些好茶。

田汝成在《西湖游览志》中认为，西湖周围的茶大体都不错，比如宝云茶、香林茶、白云茶，但它们的品质都不如龙井茶那么清馥隽永。田汝成的儿子田艺蘅在《煮泉小品》中也大赞龙井水和龙井茶："武林诸泉，惟龙泓入品，而茶亦惟龙泓山为最。"其认为泉水清寒甘香，清馥隽永，"余尝一一试之，求其茶泉双绝，两浙罕伍云"。

袁宏道曾经和几个朋友汲取龙井泉水，烹茶品尝。在一篇《游龙井记》中，他说龙井泉水质甘澄，泠泠可爱。至于龙井茶，袁宏道似乎有所保留，认为还不错，但"茶少则水气不尽，茶多则涩味尽出……龙井头茶虽香，尚作草气"，他感觉龙井不如天池茶好，当然更不能与岕茶、虎丘茶相比了。

龙井泉与龙井茶伴生，正所谓"大抵天开龙泓美泉，山灵特生佳茗以副之耳"。虞集、于若瀛、袁宏道等人现场用龙井泉水烹试新炒的龙井茶，"旋摘旋瀹，两及其新"，符合陆羽的理论，能最大限度地享受到龙井茶的真韵，他们对于龙井茶的赞美也是由衷的。

明代中后期，龙井茶的名气越来越大，射利之徒趁机浑水摸鱼。此后，究竟哪里的龙井茶称得上正宗，茶客众说纷纭，当地的茶农也是各说各理。到了明代万历年间，人们更是开始为鉴别真假龙井茶而烦恼了。

新茶亲手焙

> 岩前新茁紫茸芽，石火初敲映落霞。
> 浅碧从教含冻柳，清芬不遣杂飞花。
> 翻披素手消云润，调燮朱晖保露华。
> 任是团龙夸蜡面，短铛真味属山家。
>
> ——李日华《东林手焙新茶》

"天下有好茶，为凡手焙坏。有好山水，为俗子妆点坏。有好子弟，为庸师教坏，真无可奈何耳。"这是李日华说过的一段话，很有道理。

李日华是浙江嘉兴人，号竹懒，室名味水轩、恬致堂，万历二十年（1592）进士，官至太仆寺少卿，后来辞官闲居，有《恬致堂集》《六研斋笔记》等著作存世。

李日华精于品鉴书画并从事古董收藏,经济上比较富有,而且交际广泛。他品尝过许多名茶、名水,在茶事上很有发言权。在他看来,许多茶的品质不错,只因为焙制方法不当,白白糟蹋了好茶。比如浙江金华的仙洞茶、福建的武夷茶,茶本身的质地都非常好,但"厄于焙手"。

李日华的朋友王毗翁做过霍山县的县令,每年有一项重要的任务,就是监督焙制贡品茶。王毗翁因此写过不少茶诗,李日华最欣赏其中一首焙茶诗:"露蕊纤纤才吐碧,即防叶老采须忙。家家篝火山窗下,每到春来一县香。"看起来很普通的一首诗,没有什么特别之处。或许李日华真正喜欢的不是诗,而是诗中提到了焙茶这件事。

他的另一位朋友石梅坡自己动手开荒种茶,自己炒制,分送给李日华。李日华品尝之后写了一首《梅坡种茶手焙见饷此吾地开荒品也》:

名泉半为高人出,佳荈俄从胜处生。

不用崎岖到阳羡,梅坡得暖已先春。

朋友们的实践让李日华技痒,也想亲自动手,试验自己关于焙茶的心得。万历二十六年(1598)的春天,他带着门生董献可、曹不随、万南仲等人,在庐山的东林寺小住一段时间,期间亲手炒制新茶,"既成,色香味殆绝",这一首《东林手焙新茶》应该就是这次焙茶时所写。

庐山山灵水秀,天下第一名水谷帘水就出在这里。按照李日华的观点,名泉为高人而出,佳荈从胜处而生,庐山这里应该会有好茶。但当地的茶很难喝,冲泡之后,"视之有赤卤之色,尝之有潼汁之味"。庐山茶颜色差,滋味更差,有人戏称"笑谈渴饮匈奴血",根本配不上庐山的大名。

李日华认真考察之后,认为庐山的环境"岚霭薰酿,朝暮不断",环境湿润,在雨露的滋养之下,庐山的茶"绿蒂紫带,种似不凡",看起来应该不错。庐山茶之所以难喝,李日华认为主要有这样两个原因:

第一,庐山山势高深幽绝,气候相对寒凉,茶树生长比较缓慢,所以采茶的时节应该延后,别处是寒食前采摘为佳,庐山到了谷雨前后才可以。

第二,当地僧人采下茶芽之后,放置一夜才焙制,而且要经过水洗烟烘的环节。茶芽放置太久会走味,水洗的茶芽也会失去本身的真味。

在庐山的日子里,李日华带着门生采茶焙茶。他们选择雨后初晴的日子采茶,雨水涤净了茶芽,不再需要淘洗。采到四五两茶芽,他们就开始加工,手工揉试,同时拣去茶芽中混杂的蛛网杂尘等物。就近在茶林旁边生起炭火，放上铁锅，把这四五两茶芽放入锅中翻炒，不要放置太久，更不要过夜，就如李日华在诗中所说："岩前新茁紫茸芽，石火初敲映落霞。"

每次入锅炒制的茶芽只有四五两，不能太多，否则受热不均，下熟上生：下面的已经炒到焦黑了，失去了茶芽的清芬之气；上面的还是昏黄之色，还没有炒出茶芽的香韵。这是炒茶的大忌。只有火候恰当、均匀，才能使茶色最佳，同时最大限度保持茶芽的香气，即"浅碧从教含冻柳，清芬不遣杂飞花"。

炒茶的火候和翻炒的手法也非常重要，火势要先猛后缓，开始时大火急翻，逼出茶芽中的水分。然后温火慢炒，培育茶芽的精华，即"翻披素手消云润，调燮朱晖保露华"。

在筐中铺放干净的纸，把炒过的茶芽放入，并在其中按比例拌入青绿的竹叶，可以催发茶香。炒好的茶叶收藏在密封的瓷瓶中，防止氧化、走味、串味，再把瓷瓶埋入草灰当中，以隔绝湿气，防止霉变。

"任是团龙夸蜡面，短铛真味属山家。"李日华认为，世间最好、最珍贵的茶，都出自山中勤劳细致的茶僧、茶农。

李日华对自己的焙茶结果非常得意，让东林寺的主僧悟彻把自己焙茶的手法刻写到崖石之上，希望它永远流传，永为典范。不知道李日华的实践对于著名的庐山云雾茶的演变有没有贡献。

和李日华同时代并且是浙江嘉兴同乡的冯梦祯,万历五年(1577)进士,官至南京国子监祭酒,万历十五年(1587)辞官,隐居到西子湖畔。冯梦祯和李日华一样精于鉴赏,同时兼职看风水。他也很讲究茶事,自己或者朋友亲自跑去采摘岕茶的茶芽,回来自己炒制。但冯梦桢没有李日华那么宏大的志向,他只是提防茶商从中做手脚,以假充真。

冯梦祯曾经谈到炒茶的方法,和李日华的说法差不多:"炒茶锅令极净,茶要少,火要猛,以手拌炒令软净,取出摊于匾中,略用手揉之,揉去焦梗,冷定复炒,极燥而止。"此时还不能装入瓶中,先在干爽洁净的地方放置一两天,再入锅中炒到极燥,摊放冷却之后收藏。

看来,想要喝到一杯好茶,并不容易。

擂茶添风味

东官土风多擂茶,松萝茉莉兼胡麻。
细成香末入铛煮,色如乳酪含井华。
女儿一一月中兔,日持玉杵同虾蟆。
又如罗浮捣药鸟,玎珰声出三石洼。
拂曙东邻及西舍,纤手所作喧家家。
以淘粳饭益膏滑,不用酒子羹鱼虾。
味辛似杂宾隅桂,浆清绝胜朱崖椰。
多饮往往愈腹疾,不妨生冷长浮瓜。
我来莞中亦嗜此,芥菘欲废春头芽。
故人饷我日三至,丝绳玉壶提童娃。

> 为君屡饮当湩酪,力法归教双鬟丫。
>
> ——屈大均《擂茶歌》

屈大均是明末清初的学者,字翁山,广东番禺人,岭南三大家之一,存世有《广东新语》等著作。

诗中所说的东官,指的是历史上的东官郡,在今天东莞、惠州一带,当地人喝茶的方法很特别,称之为擂茶。擂茶的材料以松萝茶为主,配以茱萸、胡麻等。这里所说的松萝茶,不一定就是江南的松萝茶。唐代人从江南把茶树带到广东,加以培育,茶树适应了这里的水土和气候,演变成新的茶种。还有一些广东本地土生的茶种,比如毛茶、凤山茶、苦蓥、石茗、灵茶、乌药茶等,兼有药性,介于茶和草药之间。

每天清晨,各家的女孩子早早起来擂茶,就像月亮上用玉杵捣药的小玉兔一样,叮当之声从各家传出,此起彼伏。茶和配料一起被捣成极细的碎末,倒入锅中加水煮沸,洁白如同乳酪,比椰汁更清亮,散发出兰桂一样的香辣之气。用这种擂茶来拌米饭,滑润可口,滋味丰富,不必再吃鱼虾等菜肴。

这种擂茶还有治病的功效,可以治愈由生冷之物引起的腹疾。屈大均来到东官郡之后,逐渐喜欢上这种独特的擂茶。朋友一天三次让小孩

子提来一壶擂茶,屈大均喝得多了,反而慢慢忘记了江南的岕茶。他准备回家以后教会丫鬟们擂茶的方法,以后自己也可以每天饱食这乳酪一样的琼浆了。

屈大均在他的《广东新语》中详细介绍岭南的茶种和源流,也提到了这种特别的喝茶方法,即把茶叶与芝麻、薯油等放在一起煮成汁,名之为"研茶",据说可以"去风湿,解除食积,可以疗饥"。

其实,擂茶、研茶的历史非常悠久。文献中记载,四川等地的制茶传统是把茶叶加入米膏,揉制之后装入模具,制成茶饼、茶片。饮茶之前,先要把茶饼放在火上烤过,然后放在容器中捣烂,再加水和葱、姜等调味料一起煮,得到的汤汁就可以饮用。

唐朝时比较推崇蜀茶,包括蜀茶的这种喝法也广泛传播,影响深远。到了宋代,北方的许多地方还有这一类的喝法。《墨客挥犀》记载,王安石曾经拜访蔡襄,蔡襄拿出最上等的茶款待他,并且亲自烹水点茶。结果却让蔡襄大吃一惊,王安石"于夹袋中取消风散一撮,投茶瓯中并食之",然后说:"大好茶味!"

王安石在精美的茶汤之中投入一撮消风散,喝得有滋有味,在蔡襄看来是大煞风景。王安石的行为可以有多种解释,比如他很率真,随身携带自己需要的药,用最方便的方法喝下去,一点也不考虑别人的观感。

又或者，他用这种方式提醒蔡襄不要在饮茶的问题上太讲究、太奢华。但更可能的是，王安石知道古人有过这样的喝茶方法，不认为这样喝茶有什么不妥。

《梦粱录》中说，宋代的汴京、杭州等地的茶肆当中，出售的茶汁种类繁多，"奇茶异汤"，根据不同的季节而变换，比如冬天的七宝擂茶、葱茶、盐豉汤，夏天的雪泡梅花酒、缩脾饮暑药等。

从"七宝擂茶"这个名字来看，茶是主料，外加多种配料，比如芝麻、核桃仁、花生仁之类，放在一起捣成细末，加水一起煮沸饮用。配料也可以换成草药，那样的擂药就有治病或者调理身体的功效。

为了吸引顾客，宋代的茶肆里还会摆放各种花草，请来艺人在店中表演，非常热闹。茶肆里同时卖酒，或者叫来外卖的点心。客人只要走进店来，想喝什么或者想吃什么，店家基本上都能办到。就如后人在诗中所写："初闻响盏点葱茶，迎酒旋开卖酒家。横笛一声吹入破，便从竹叶换梅花。"

南宋学者袁说友是福建人，写过一首《和赵周锡咏魏南伯家葱茶韵》，开头有这样几句：

武夷十月尝先春，风生两腋撩诗人。

> 玉尘一缕轻且纯，不与凡味争比邻。
> 铛中碧玉涛涌银，七碗不厌烹啜频。
> 书窗假寐熟欠伸，重煎倍觉滋味匀。
> 吾乡此茗孰与伦，谁家却说江茶珍。
> 剥葱细切夸珠蠙，泛瓯更骋如铺璘。

这里用到的是武夷山的秋茶，茶末轻而纯，茶味不同凡响。最难得的是这种茶特别耐冲泡，第二煎仍然香韵不减，而且滋味更为均匀，这一点是普通草茶难以相比的。

诗中所谓葱茶，就是在第二煎的时候加入切细的葱丝。珠蠙就是珍珠，璘是光彩闪闪的意思。切碎的葱丝洒到茶汤上很好看，而且为茶汤添加了新的风味。显然，这里说的葱茶要比擂茶单纯了许多，材料更简单，制作更简便。

明代的一些地方仍然喝擂茶，孙绪就写过一首《擂茶》：

> 何物狂生九鼎烹，敢辞粉骨报生成。
> 远将西蜀先春味，卧听南州隔竹声。
> 活火乍惊三昧手，调羹初试五侯鲭。

> 风流陆羽曾知否,惭愧江湖浪得名。

  这位孙绪是河北故城人,字诚甫,号沙溪,明孝宗弘治年间进士,做过太仆寺卿,有《沙溪集》存世。诗人品尝擂茶的地点是南州,擂茶使用的是蜀茶,方法是将茶叶放在竹臼当中捣得粉碎,在鼎铛之中煮沸,加入各种调味料。孙绪最后怀疑陆羽没有听说过这种奇特的烹茶方法,是浪得虚名。在这一点上孙绪有些多虑了,陆羽肯定知道这种古老的方法。

  孙绪是北方人,生出这种疑惑非常正常。明代时,江南和中原等地的饮茶风俗中已经找不到擂茶的丝毫踪影,只有遥远的岭南和四川等地还留有这种古老的饮茶方式,所谓"礼失而求诸野",斯之谓也。

难得武夷茶

闽人种茶当种田,郄车而载盈万千。
我来竟入茶世界,意颇狎视心悠然。
道人作色夸茶好,瓷壶袖出弹丸小。
一杯啜尽一杯添,笑煞饮人如饮鸟。
云此茶种石缝生,金蕾珠蘖殊其名。
雨淋日炙俱不到,几茎仙草含虚清。
采之有时焙有诀,烹之有方饮有节。
譬如曲蘖本寻常,化人之酒不轻设。
我震其名愈加意,细咽欲寻味外味。
杯中已竭香未消,舌上徐尝甘果至。

叹息人间至味存，但教鲁莽便失真。

卢仝七碗笼头吃，不是茶中解事人。

——袁枚《试茶》

说茶绕不过福建的武夷茶。武夷茶质地优异，但唐宋两代一直不如顾渚、阳羡、北苑等茶名声响亮，直到元代才成为贡品茶，开始大受追捧。

不过，宋代一些敏锐者早已经发现了武夷茶的优异品质。《墨客挥犀》记载，建安的能仁院的石缝当中生长着一种珍贵的岩茶，产量稀少，每年只能制成八个茶饼，称为石岩白。能仁院的僧人送给蔡襄四块茶饼，蔡襄曾经监造过贡品小龙团，是品茶的行家，一眼看出它的优异之处，只可惜这种茶的产量太小，做不了多少文章。

按照王梓《茶说》的介绍，武夷山方圆一百二十里都可产茶，其中"在山者为岩茶，上品。在地者为洲茶，次之"。《随见录》的说法稍有不同："在山上者为岩茶，水边者为洲茶。岩茶为上，洲茶次之。"岩茶和洲茶有一个最明显的区别，冲泡时岩茶的茶汤颜色浅淡，洲茶的茶汤颜色发红。

《随见录》又进一步细分岩茶："岩茶北山者为上，南山者次之。南北两山又以所产之岩名为名，其最佳者名曰'工夫茶'，工夫之上又有小种,则以树名为名,每株不过数两,不可多得。"据此推测,当年蔡襄得到的四块石岩白,应该属于岩茶中的精品。

《随见录》认为,无论岩茶、洲茶,最好、最正宗的武夷茶都出自僧人之手。有一种岩茶称为白毫,又名寿星眉,是在茶芽当中逐片挑选,专选背面带有白毛者,单独焙制。但《随见录》认为白毫本质上属于洲茶,把它分拣出来只是一种噱头,以求卖得高价。

明代万历年间有一位老僧人送给李日华一点小白岩茶,从性状上看大概就是这一种白毫,"叶有白茸,瀹之无色,徐引觉凉透心腑"。按照僧人的说法,这种茶一年产量只有五六斤,主要用来供佛,僧人自己也很难喝到。

万历年间的状元孙继皋是无锡人,对武夷茶赞不绝口,写过一首《谢管山人惠武夷茶》:

病渴惟高枕,谁将茗叶分。

色余仙穴润,香供隐人芬。

啜似餐丹露,烹疑煮碧云。

清风北窗下,忽见武夷君。

了解了武夷茶的这些背景知识，回头再来读袁枚的这一首《试茶》，障碍就少了许多。

袁枚字子才，号随园老人、仓山居士，乾隆年间进士，著有《随园食单》《随园诗话》《小仓山房诗文集》等。袁枚是杭州人，此前最爱喝家乡的龙井茶，武夷茶给他的印象是浓而苦，如同汤药，他不喜欢。

乾隆五十一年（1786）秋，袁枚游览武夷山的曼亭峰、天游寺等地。福建人像种田一样种茶，茶园规模很大。类似的场面袁枚在浙江见到过，没有感到太多的新奇，"我来竟入茶世界，意颇狎视心悠然"。

真正让袁枚耳目一新的是福建人喝茶的方式："一杯啜尽一杯添，笑煞饮人如饮鸟。"他们使用小杯、小壶，如此一来啜饮的频率就特别高："杯小如胡桃，壶小如香橼，每斟无一两，上口不忍遽咽，先嗅其香，再试其味，徐徐咀嚼而体贴之。"

袁枚在当地僧人那里喝到的，应该就是前面说过的武夷岩茶："云此茶种石缝生，金蕾珠蘖殊其名。"这类茶的产量很低，而且名目繁多。后来，福建出生的梁章钜在他的《归田琐记》中谈到武夷茶的四个等级，从低到高分别是花香、小种、名种和奇种，因为邻近不同的香花生长，茶中沾染了不同的花香，"大约茶树与梅花相近者，即引得梅花之味；与木瓜相近者，即引得木瓜之味，他可类推"，也就是袁枚在诗中所说的"金蕾珠蘖殊其名""细咽欲寻味外味"。

这样的武夷茶自然韵味丰厚,很耐品咂,喝下之后,在茶香之外慢慢浮现出花果的甘香之气,让人回味无穷,"杯中已竭香未消,舌上徐尝甘果至""清芬扑鼻,舌有余甘。一杯之后,再试一二杯,令人释躁平矜,怡情悦性"。而且武夷茶又耐冲泡,"可以瀹至三次,而其味犹未尽"。

有比较才有鉴别,袁枚这才发现自己一向喜欢的龙井茶、阳羡茶的不足之处,认为"武夷享天下盛名,真乃不忝",称赞"武夷山顶所生,冲开白色者为第一",算得上人间至味。

梁章钜的总结更为玄妙,概括出武夷岩茶的四等境界,最下一等是"香",然后是"清",如果香而不清,就不够级。清之上是"甘",清而不甘也不行。最高境界是"活",甘而不活,也不是极品。梁章钜说得十分玄妙,所以他自己也承认,这其中的分别"微乎微矣",其实很难分辨。

武夷茶最特别的地方,是其茶性与众不同,"茶性他产多寒,此独性温"。此外,武夷茶在采摘、焙制等方面也有独特之处,有头春、二春、三春、秋露等说法。采摘下来的武夷茶芽要放在阳光下面晾晒,这一点也与别的茶种不同。龙井、松萝是炒而不焙,阳羡、芥片是焙而不炒,只有武夷茶是又炒又焙。用今天的话说,它属于半发酵的青茶,所以泡过的茶芽呈现半青半红之色。

袁枚、梁章钜等人交口称赞的武夷岩茶名目繁多，而且每一种的产量都非常少。品质好的都作为贡品献出，民间根本喝不到，于是明清时期就出现了许多假冒的手段。梁章钜也亲自到过武夷山，发现各寺院所藏的好茶每种不满一斤，"用极小之锡瓶贮之……遇贵客名流到山，始出少许，郑重瀹之"。

这些小瓶装的岩茶，据说是最高档的奇种，其实只是名种。梁章钜的地位不低，到了武夷山中尚且难以喝到真正的奇种武夷岩茶，普通人就更不用妄想了。

茶尖争说碧螺春

吾闻闵仲叔,一片猪肝羞龌龊。

平生嗜水爱别茶,重累长须寄频数。

昨年赠我龙泓溪上之新芽,千里家山尘梦续。

今年赠我莫厘峰顶之春螺,青篛缄封不盈掬。

此茶自昔知者稀,精气不关火焙足。

蛾眉十五采摘时,一抹酥胸蒸绿玉。

纤葼不惜春雨干,满盏真成乳花馥。

佐以龚春莲子壶,认是前朝名匠琢。

蝇头署款小印蟠,如锥画沙镌在腹。

此茶此壶两清绝,所得不翅兼陇蜀。

空宵正要压睡魔，瘦骨那愁消肌肉。

怪君饮水是官声，胡不哦松听茶熟。

自言局束簿书堆，嗜好酸盐许我独。

呜呼，君非安邑我非闵，茶事累人差不俗。

——梁同书《谢西矖寄惠洞庭碧螺春茶、陈鸣远制龚春壶》

梁同书，字元颖，号山舟，钱塘（今浙江杭州）人，乾隆年间赐进士，为翰林侍讲，清代著名书法家，有《频罗庵遗集》存世。

诗题中提到的西矖就是周天度，字西矖，也是钱塘人，乾隆年间进士，做过许州知府。诗中提到的闵仲叔就是东汉隐士闵贡，闵贡老年时客居在安邑，贫病交加，买不起猪肉吃，就每天买一点猪肝。但屠夫有时候嫌麻烦，不肯卖给他。当地官员听说之后专门给屠夫下了一道指令，以后闵贡再没有受到屠夫的刁难。闵贡从儿子嘴里听说此事，叹息说："我闵贡怎么能为了一口吃的，给安邑人添麻烦呢？"于是他带着家人搬离了安邑。

读诗之前，再简单介绍一下碧螺春茶。

碧螺春是太湖当中洞庭山出产的一种绿茶，对它最早的记载见于明代笔记《随见录》："洞庭山有茶，微似岕而细，味甚甘香，俗呼为'吓

杀人',产碧螺峰者尤佳,名碧螺春。"

太湖当中有东、西两个洞庭山,所产之茶茶芽纤细,茶味甘香,其中品质最好的是碧螺峰的茶,名为碧螺春。这名字慢慢成为洞庭山茶的统称。

明末清初的文学家吴伟业是太仓人,在一首《查湾过友人饭》中提到过这种茶:"碧螺峰下去,宛转得山家。橘市人沽酿,桑村客焙茶。溪桥逢树转,石路逐滩斜。莫负篮舆兴,夭桃已著花。"

诗中的查湾位于洞庭东山的莫厘峰下,说明吴伟业到过碧螺峰,在友人家中吃饭,品尝过当地的茶,但没有更多的描述。

清代笔记《柳南随笔》的说法就有些夸张:洞庭东山碧螺峰的石壁上有一些野茶树,当地人每年拿着竹筐采摘茶芽,似乎也没有什么特别之处。康熙某年的春天,人们照常采茶,"而其叶较多,筐不胜贮,因置怀间。茶得热气,异香忽发,采茶者争呼'吓煞人香'。'吓煞人'者,吴中方言也,因遂以名是茶云"。

以后每年采茶时,当地人不再携带茶筐,"男女长幼务必沐浴更衣,尽室而往,贮不用筐,悉置怀间"。显而易见,这一段描述是从《随见录》的记载演绎而来。洞庭东山的茶芽最大的特点是十分纤细,耐受不了高温炒制,只要稍稍烘一下即可激发茶香。"悉置怀间"的说法大概由此而来。

　　清朝初期，品质最好的碧螺春已经卖到三两银子一斤，对于一种名不见经传的茶来说，这个价格相当可观。但故事还没有完，这样的传奇说法还不足以让一种茶名扬天下。康熙三十八年（1699），康熙皇帝第三次南巡，路过太湖时，江苏巡抚宋荦献上太湖本地的这种特产茶。按照《柳南随笔》的说法，康熙皇帝认为茶不错，但"吓煞人"这个名字不雅，于是"题之曰'碧螺春'"。

　　分析这段记载，康熙皇帝认为前一个名字太粗俗，并提笔写下"碧螺春"三字，表示自己对这种茶的认可。从此碧螺春成为贡品茶，好事者争相品尝，导致碧螺春供不应求，身价大涨。于是有了假冒的碧螺春，一般人很难再喝到真正的碧螺春了。

　　康熙年间有一位举人名叫厉鹗，钱塘人，著述丰富。厉鹗的朋友马曰琯是扬州的藏书大家，他游览太湖之后，从洞庭山带回来橘子和茶，分给厉鹗一些。厉鹗品尝之后写下一首《秋玉游洞庭，回以橘茶见饷》，诗写得自由奔放，不拘泥于格律，其中也提到了洞庭山的茶："饷我洞庭茶，鹰爪颗颗先春芽。虎丘近无种，别目名可嘉。功能沏视比龙树，金鎗不怕轻翳遮。瀹以龚春壶子色最白，啜以吴十九盏浮云花。"

　　橘子是秋天的果实，说明马曰琯是在秋天游览洞庭山，带回来的自然不是春茶。从诗句中可以看出，洞庭山一带除了鹰爪一样的碧螺春，还有虎丘茶和剔目茶，这些茶有明目的功效。厉鹗所用的茶具非常讲究，茶壶是明代著名工匠龚春制作的紫砂壶；茶盏是吴十九烧制的瓷盏，也是当时名品，明朝时有"天下驰名吴十九"的说法。

　　了解了这些，回头再看梁同书的这一首《谢西陎寄惠洞庭碧螺春茶、陈鸣远制龚春壶》，就很好理解了。

　　好朋友周天度经常派仆人送来新鲜的绿茶，前一年送的是杭州的龙井茶，那是两个人家乡的滋味，今天送的是竹叶包裹的一点点碧螺春。梁同书对于碧螺春还是非常了解的，他用诗的意象和语言来描述《柳南随笔》中的相关记载，突出采茶人群当中的蛾眉少女：她们把新鲜的茶芽放进华丽的衣袢之中，放到抹胸里，碧螺春的茶芽里似乎带着她们的体香。

　　除了碧螺春，周天度还送来了康熙年间著名匠人陈鸣远制作的紫砂壶，壶腹当中带着印记和落款。精茶、美壶同时到手，梁同书喜出望外，深夜里用新壶沏新茶，驱赶睡意。他劝周天度不要一心扑在公务上，不妨放松一下，要像他这样自由一些，享受煮水烹茶、听松吟诗的乐趣。梁同书最后感叹，他们终究无法像闵贡一样超然脱俗，无法免除这一类茶、诗交往的俗务。

到了清代中晚期，碧螺春的名气越来越大，同治年间进士陈康祺写过一首《碧螺春》：

从来隽物有佳名，物以名传愈自珍。
梅盛每称香雪海，茶尖争说碧螺春。
已知焙制传三地，喜得揄扬到上京。
吓煞人香原夸语，还须早摘趁春分。

陈康祺是浙江鄞县（今浙江省宁波市鄞州区）人，做过知县，有《郎潜纪闻》等著作存世。陈康祺认为，好的东西往往有一个美好的名字，名气响亮之后，物品的身价也会越来越高，就像碧螺春这样。当年土里土气的吓煞人香茶，此时已经名满京城，它的焙炒方法也多被模仿。

名气这种东西，威力真大。

君山之茶不可得

君山之茶不可得，只在山南与山北。

岩缝石隙露数株，一种香味那易识。

春来长在云雾中，造物珍重供玉食。

李唐始有四品贡，从此遂为守令职。

贡物之外岂多有，山僧真赝徒滋惑。

北港诸品无神气，煮来与水同浑黑。

试挹鹤泉烹雀舌，煮来长似君山色。

以伪乱真世岂无，乡原原为德之贼。

谁能卓识不受欺，色香味俱终莫测。

——万年淳《君山茶歌》

这首诗的作者万年淳是湖南华容（今属岳阳市）人，号弹峰，乾隆年间举人，在安徽做过知县，后来升任六安知州。万年淳一生著作丰富，主持编修过《洞庭湖志》等多种志书。

洞庭湖在湖南的岳阳附近，湖面连绵广阔。君山位于东洞庭湖之中，又名洞庭山、湘山，形状如同十二螺髻，与著名的岳阳楼遥遥相对。唐代诗人刘禹锡的"遥望洞庭山水翠，白银盘里一青螺"，指的就是君山。

万年淳在诗中吟咏的君山茶就产在这座山上，茶树生长在山间的乱石当中，周围湖水环绕，云雾笼罩，这样的生长环境有些类似四川的蒙顶茶。君山上建有寺庙，最好的君山茶自然也是由僧人培育出来的，使用山上的鹤泉水烹试，茶汤青碧。

诗中的"乡原"一词，指伪善、言行不一。君山茶成名之后，自然免不了以假乱真的勾当。想要喝到真正的君山茶，清朝时就已经不太容易了。

洞庭湖一带产茶历史悠久，当地最有名的就是湿湖茶。湿湖在巴陵县东南，这里每年丰水期为湖，到了缺水期露出陆地。这里很早就种茶，唐代时湿湖茶成为贡品茶，即"岳州湿湖之含膏"。

据《唐国史补》记载，唐德宗曾经派判官常鲁出使吐蕃。有一次常鲁在帐中烹茶，吐蕃的赞普问他这是什么。常鲁说这是茶，喝下去可以解渴除烦。赞普说他也有茶,并一件一件拿出来给常鲁看,分别有寿州茶、舒州茶、顾渚茶、蕲门茶、昌明茶和㴩湖茶,基本囊括了当时唐朝境内的好茶。

晚唐著名的诗僧齐己写过一首《谢㴩湖茶》,从中可以看出唐代㴩湖茶的一些特点:

㴩湖唯上贡,何以惠寻常?
还是诗心苦,堪消蜡面香。
碾声通一室,烹色带残阳。
若有新春者,西来信勿忘。

齐己是湖南益阳人,出家以后转到荆州的龙兴寺,那里距离洞庭湖不远。齐己对于洞庭湖一带的物产并不陌生,他的朋友送给他一些㴩湖茶。根据诗句判断:这种茶是一种饼茶,碾碎之后烹试,茶汤呈现为夕阳一般的橙黄颜色。此外,唐朝时岳州就能烧制很好的青瓷,陆羽认为这种青色的茶盏最适合茶汤之色。

到了宋代,㴩湖茶的产量已经非常少,近乎消失。《岳阳风土记》中说:"㴩湖诸山旧出茶,谓之㴩湖茶……唐人极重之,见于篇什。今人不甚种植，惟白鹤僧园有千余本，土地颇类北苑。所出茶一岁不过一二十两，土人谓之白鹤茶，味极甘香。非他处草茶可比并。"

宋朝人把湿湖茶称为白鹤茶，是因为湿湖有一处白鹤山，又有白鹤寺和白鹤泉，泉水甘甜。白鹤茶虽然还有一千余株，但产量极小，每年只能收获几斤成茶，似乎消亡是迟早的事。到了明清时期，君山一带的茶品逐渐成名，明末的岳阳贡生谭绍琬写过一首《君山》，就写到了这里的茶和泉：

物产饶笋茶，饮食随手抹。

柳井当庵前，泉源到盂钵。

汲之以煮茶，色香迥以越。

闻君负茶癖，愿言泛寥阔。

惠陶将缔盟，素瓷可对酌。

君山上有一处崇胜寺，旧名楚兴寺，寺中有一眼水井，名为柳毅井，就是谭绍琬在诗中说的柳井。

洞庭湖是一个有故事的地方，是香草美人之地、钟灵毓秀之区，人们到了这里，一般会登岳阳楼，观高山平湖，寻湘妃竹，品橘和笋，只有嗜茶者才会想到这里还出产好茶。许多人也用君山茶来馈赠好友，君山茶的包装和别处也不太一样，有的是白绢包裹，加盖红钤印；有的是以纸包裹，代替青竹叶。就如清代吴鸿在一首《熊明府傅岩赠君山茶赋答》中说：

>龙团凤饼随所遭，岳州旧说黄翎毛。
>武陵七县谁最好，澴湖风味夸舍膏。
>君山缥缈洞庭上，片石吹落昆仑高。
>双丸吞吐百宝出，秀苗灵荈蒸云涛。
>山僧艺茶如艺粟，露芽春蕊手自挑。
>简之以纸代箬裹，时候使节飞轻舠。

后来居上普茶团

山川有灵气盘郁,不钟于人即于物。
蛮江瘴岭剧可憎,何处灵芽出岑蔚。
茶山僻在西南夷,鸟吻毒菡纷樛轕。
岂知瑞草种无方,独破蛮烟动蓬勃。
味厚还卑日注从,香清不数蒙阴窟。
始信到处有佳茗,岂必赵燕与吴越。
千枝峭倩蟠陈根,万树槎丫带余栟。
春雷震厉勾渐萌,夜雨沾濡叶争发。
绣臂蛮子头无巾,花裙夷妇脚不袜。
竞向山头采撷来,芦笙唱和声嘈赞。

一摘嫩芷含白毛，再摘细芽抽绿发。

三摘青黄杂揉登，便知粳稻参糠麸。

筠蓝乱叠碧毵毵，松炭微烘香馞馞。

夷人恃此御饥寒，贾客谁教半干没。

冬前给本春收茶，利重逋多同攘夺。

土官尤复事诛求，杂派抽分苦难脱。

满园茶树积年功，只与豪强作生活。

山中焙就来市中，人肩浃汗牛蹄蹶。

万片扬箕分精粗，千指搜剔穷毫末。

丁妃壬女共薰蒸，笋叶藤丝重捡括。

好随筐筐贡官家，直上梯航到官阙。

区区茗饮何足奇，费尽人工非仓卒。

我量不禁三碗多，醉时每带姜盐吃。

休休两腋自生风，何用团来三百月。

——许廷勋《普茶吟》

古人把偏僻、遥远的南方区域笼统地称为烟瘴之地，视为荒蛮、有害的区域，对于那里的风俗、物产等所知甚少。比如云南自古就产茶，但到明朝时才被中原地区所知晓。明代的云南方志中提到云南的三种茶，第一种是昆明的太华茶，产地在云南府西的太华山，茶的色味近似于松萝茶。《滇略》中把它称为泰华茶，"色香不下松萝，但揉不匀细耳"。第二种是普洱茶，"性温味香"，产地在元江军民府、车里军民府一带。第三种是湾甸细茶，"味最胜"，产地在湾甸州的孟通山。此外，《滇略》中还提到大理的点苍山感通寺一带也有好茶，即感通茶，质量超过泰华茶，价格昂贵。

另一种永昌府出产的儿茶，和普洱茶一样制成茶团，都是产量大、价格低、饮者众多、味道欠佳的大路货。《物理小识》中把云南的茶称为普雨茶，"蒸之成团""最能化物"。

云南茶的品质极佳，但焙茶的方式比较独特，所以明代的《滇略》中说："滇苦无茗，非其地不产也，土人不得采取制造之方，即成而不知烹瀹之节，犹无茗也。"当地人大部分饮用普茶，"蒸而成团，瀹作草气，差胜饮水耳"。

显然，直到明朝，云南茶都没有受到重视。清军入关以后这种局面很快被改变，《平吴录》中说，吴三桂平定云南以后，每年都要花费几万两银子采办当地的特产，献给皇太后和格格们，其中有金壶、金碗、象牙制品，也有云南特产的普洱茶和鸡枞、茯苓等物。从此，普洱茶成了贡品茶，清代文献中对于普洱茶的记载更加细致，关于普洱茶的古诗主要也是清朝的作品。

上面这首《普茶吟》收录在清代光绪年间《普洱府志稿》中，作者许廷勋，生平不详。

开头四句介绍普洱茶的产地，笼统说是西南偏僻的烟瘴之地，茵是指葵状的叶子，轇轕是纵横交错的意思。

按照阮福在《普洱茶记》中的说法，普洱茶味厚、香清，绝不比内地的名茶逊色，主要产地在云南普洱府下辖的思茅界内，一共有六座茶山，位置极为偏远。

"千枝峭倩蟠陈根，万树槎丫带余枅"两句描述普洱茶树的形态。《普洱府志稿》中说，普洱的茶树像紫藤一样，无皮，拳曲而高，叶尖而长，花白色，茶子很像棕榈子。老茶树的叶子稀少，树身多瘤，大者可以制瓶，细者可以做手杖，形态古雅别致。

每年早春时节茶芽萌发，当地的男男女女都上山采茶，装扮得原始而绚丽。男子不戴头巾，身上带有文身；女子赤脚，身穿花哨的长裙。大家一边采茶，一边吹响芦笙歌唱。

从采摘时间来看，二月采摘的茶芽没有展开，茶芽极细而白，称为毛尖。茶芽稍展而嫩者，称为芽茶。三四月采摘者，称为小满茶。六七月采摘的,名为谷花茶。采茶的过程可谓"千指搜剔",采下的茶芽要经过仔细的筛选和分拣,再烘焙成团。早采的鲜嫩毛尖要制成茶膏或者蒸制成茶团,作为贡品。按照《普洱茶记》的说法,清代的普洱贡茶一共分成八种,包括五种茶团,分别为五斤重、三斤重、一斤重、四两重和一两五钱重。其中,五斤重的茶团如人头一般大小,称为人头茶。另外有瓶装的芽茶、蕊茶和匣装的茶膏,茶膏有黑色和绿色,可以醒酒、清胃、化痰生津。

贡茶完成之后,再采的茶芽才能制成大众化的普洱茶。茶农从深山中把茶团运到市上,依靠这些茶团换回来一年的衣食。茶商通过贩茶牟利,为了得到好品质的普洱茶,其往往会在前一年向茶农预付钱款,春天时再来收茶。普洱茶的品质差别很大,"团饼大小不一,总以坚重者为细品,轻松者叶粗味薄"。因为有利可图,以次充好、以假乱真的勾当也难以避免。但总体来看,真正获得厚利者不是茶农、茶商,而是当地的土官、豪强。

精心制作、费尽人力的普洱贡茶运到京城的皇宫内苑,勋贵们当然喝不了那么多茶。普洱茶有一个优点,就是越陈越好,所以许多贡茶被保存起来。当然,清朝的皇帝也会拿出一些分赐给大臣们,比如康熙年间的翰林编修查慎行就有幸得到过,喜欢写诗的查慎行写下一首《谢赐普洱茶》：

> 洗尽炎州草木烟，制成贡茗味芳鲜。
>
> 筠笼蜡纸封初启，凤饼龙团样并圆。
>
> 赐出俨分瓯面月，瀹时先试道旁泉。
>
> 侍臣岂有相如渴，长是身依瀼露边。

这首诗韵味十足，感谢君恩的诗能写成这样，相当不容易。皇家的嗜好和推崇，对于民间有很好的示范和引领作用，一些无缘得到御赐普洱茶的富贵之家，会千方百计求购一些精品普洱茶来品尝。而且普洱茶确实有许多现实的功效，除了醒脑提神，让人两腋生风之外，还能消食理气、去积滞、散风寒，对于饱食终日的人来说，真的是好东西。

于是，一直默默无闻的普洱茶开始流行，大受欢迎，身价飞涨，这反过来又刺激了更大的需求。这以后，普洱茶的产量也有所增加，雍正年间云南提督在一份奏折中说："茶山地方甚属辽阔，每年所产普茶不下百万余斤。"